순자야 놀자

『순자야 놀자』는 소설로 제주 역사를 기반으로 하고는 있으나 인물, 지명, 에피소드 등 모든 문학적 구성은 순전히 작가의 상상력으로 탄생한 순수 창작작품임을 명백히 밝힙니다.

아방―아버지
어멍―어머니
똘―딸
하르방―할아버지
할망―할머니
가시어멍―장모
가시아방―장인
삼춘―어른을 친밀하게 부르는 말
요망진―야무진
빙삭이―빙그레
무충하다―둔하다
무충다리―총명하지못한 사람

순자야 놀자

김소희 장편소설

토담미디어

우리는 역사 속에 살고 있다. 역사 속 한사람으로!

'지나온 역사에서 내일을 본다.'고 하지만 저 같은 보통 사람은 역사 속에서는 단지 부속인 것 같다고 느낄 때가 있습니다. 부족한 저의 자격지심이기도 하겠지만 우리가 배우는 역사에서는 특정 역사적 사실과 흐름 그리고 대표적이라고 선정된 인물 외 다른 사람들은 주목받지 못한다는 것에서 느끼는 소외감 때문일 것입니다.

그래서 저는 『순자야 놀자』에서는 그때를 살던 사람을 말하고 싶었습니다. 사람의 시간을!

역사를 살았던 사람을 그리고 싶었습니다. 역사에 가려지지 않은 사람의 시간을!

발길이 닿았던 어느 '궤'를 만났을 때 그곳에 깃든 역사의 아픔에 가슴이 저릿해지다 문득 여기에는 어떤 아이들이 있었을까? 어른과는 다른 그들의 시간은 어떠했을까? 무엇을 하며 놀았을까? 하는 의문이 들었고 그건 『순자야 놀자』의 시작이 되었습니다.

돌아가신지 3주년이 지난 어머니의 성함과 저의 어린 시절 외모는 순자가 되었고 시대를 상상한 저의 창작력은 순자의 인생이 되었습니다. 역사의 아픔보다 시대를 살았던 사람에게 집중하려 했고, 시대의 아이와 이들의 뿌리에 집중하고 싶었습니다. 그리고 그 중심에는 순자가 있습니다.

똑단발을 한 작은 아이, 눈이 없어져라 환하게 웃는 거 말고는 할 줄 아는 게 없는 아이 '순자'의 시간을 토닥여 주는 마음으로 한 자 한 자 함께 해주시기를 바래봅니다.

contents

순자야 놀자

01. 귀향

아무도 없는 숲길을 걷는다.
지친 어깨는 불편한 다리만큼 힘겹다.
눈보다 허연 머리는 세찬 바람보다 을씨년스럽다.

"흐으음, 으윀, 억억억."

목구멍이 막혀 참다 참다 뱉는 쥐어짜 내는 소리는 거친
바람에 맥을 못 추고 금세 흩어진 외침은 하늘로, 하늘로
저세상 어딘가를 향한다.

02. 집으로

　스산함만 남은 숲길, 여기저기엔 듬성듬성 눈이 묻어 있다. 하지만 그리 많은 눈이 남지 않은 걸 보니 그친지 여러 날은 된 듯하다.

　제주 중산간 마을, 그중에서도 바람 곶이라고 해도 과언이 아닌 여기 매서운 바람은 인정사정없이 사방으로 불어 재끼고, 사이 숲길로 홀로 걷는 할머니의 허연 머리는 쑥대밭이 된다. 돌밭인 듯 비포장 된 길옆 너른 들의 시들어 빠진 억새에는 깊은 스산함만 감돌지만 녹지 않은 눈은 절망을 감춘다.

　외로운 길은 끝이 없다!

　간간이, 지나가는 까마귀는 할머니의 힘든 걸음을 지켜보지만 그 흔한 들짐승 하나 지나가지 않는다. 당장에라도

쓰러질 듯 구부정한 모습에는 지나온 고단함이 보이고, 위
태로운 걸음은 다가올 힘겨움이 보이는 것 같다.

한 손에는 자그마한 보따리가 쥐어져 있지만, 그걸 함께
지탱해줄 그 흔한 지팡이 하나 없이 힘든 걸음을 내디디
는 할머니는 무슨 연유인지 손 하나는 옷 주머니에 숨기
듯 넣고만 있다.

쉼 없이 걸어온 할머니는 숲길 깊숙한 곳, 안내석으로
보이는 큰 돌기둥을 발견하고는 상기된 듯 다시 한 번 더
힘껏 숨을 쥐어짠다.

"흐으음, 으웩, 억억억, 크으."

안내석으로 다가가 구부정한 몸을 곧추세우려 돌에 몸
을 바짝 붙이며 애를 서다, 힘을 내어 걸음을 시작한다. 이
번엔 옆으로 난 샛길로 발을 옮긴다.

겨울이라 누렇게 되긴 했어도 부드러운 잔디가 깔려있
어선지, 걸음엔 속도가 붙지만 그럴수록 숨은 빨라지고 거
칠어진다. 그럼에도 상기된 표정엔 들뜸이 엿보이고 마음
을 감당 못 한 축 처진 눈꺼풀은 파르르 떨린다.

걸음에 속도가 붙은 탓인지 곧 샛길 끝자락이 나타나고
그 끝에는 벌건 쇠 울타리가 보인다. 서둘러 그곳으로 간

할머니는 얼음장 같은 그걸 기어이 부여잡는다. 다시는 떨어지지 않으려는 것처럼….

울타리 안에는 나무 한 그루가 있고 그 밑동으로 작은 '궤'가 보인다. 쇠 울타리를 부여잡고 그 곳을 하염없이 쳐다보더니 이젠 다시는 못 볼 줄 알았던 연인이라도 기적적으로 만난 듯 눈가는 촉촉이 젖어 든다. 한참을 그러다 부여잡은 손을 놓지도 못한 채 할머니는 그냥 자리에 주저앉는다.

쇠 울타리 옆에 있는 안내판에는 나무 밑동에 있는 어른 한 명이 겨우 들어갈 만한 '궤'에는 굴 입구라는 내용과 이제는 들어갈 수 없으며 예전에는 사람들이 몸을 숨겼던 장소였다는 설명이 새겨져 있다.

힘든 걸음에 온몸은 젖은 솜뭉치가 된 할머니는 세찬 겨울바람에 몸을 떨며 머리에 지고 있던 보따리를 지친 걸음의 여파로 아직도 떨리는 무릎 위에 놓는다.

보따리 무게 때문인지 떨리던 무릎은 진정한 듯 잠잠하고 올려진 보따리 틈으로 고운 색동이불깃이 보인다.

"허어어으."

좀 전까지의 헐떡임이나 참다 참다 쥐어짜던 숨소리가

아니라, 머나먼 길을 돌고 돌다 돌아왔을 때 '집에 다 왔다.'라는 안도감으로 내쉬는 편안한 숨을 살살 고르고서야 앞에 펼쳐진 정비 잘 된 잔디밭과 나무를 본다.

'좋다!'

주변 풍광이 마음에 들었는지 한층 더 밝아진 할머니는 분홍 보따리 밑에 깔린 치마를 들춰 주섬주섬 뭔가를 꺼낸다. 눈처럼 하얀 손수건 보자기다. 손수건 보자기를 무릎 위 분홍 보따리 위에 놓더니 숨기고만 있던 손을 천천히 꺼내 보자기를 눌러 움직이지 않게 한다.

드디어 형체를 드러낸 숨어있던 손은 보기에도 끔찍할 정도의 흉한 주먹손이다. 불에 데어 흉이 심하게 남은 것인지, 아니면 뭔가에 물어 뜯겨 생채기가 난 것인지, 그도 아니면 어딘가에 심하게 긁혀 엉망이 된 것인지 알 수는 없지만, 아무튼 섬뜩한 흉한 상처로, 다 뭉그러져 손가락 하나 펴지지 않는 주먹손은 하얀 손수건 위에서 수줍은 새색시 모양 떨고 있다.

혼자 보따리를 들고 온 주름투성이 굽은 손가락은 보따리를 꽉 묶고 있던 힘든 매듭을 어렵사리 풀어내고, 열린 보자기 안에는 아주 오래된 흑백사진 한 장이 나타난다.

사진 밑에는 숯불에 구운 것으로 보이는 검댕이가 잔뜩 묻은 감저 몇 알이 보인다. 숯검댕이 감저는 시커먼 검댕을 잔뜩 묻혔으나 할머니는 아랑곳하지 않는다. 단지 주름 투성이 굽은 손가락으로 사진 속에 있는 한 사람 한 사람을 애틋이 어루만질 뿐이다. 흐릿한 사진 속에는 꽤 많은 사람이 모여 있다.

'잘들 이선?

'오늘도 눈온덴 허는디….'

'미안헌디, 이제사 왔쪄!'

글썽이던 할머니의 눈은 어느새 사진 속으로 사라진다.

그라고 세차던 겨울바람은 곧 잠들듯 조용해지더니 하늘에선 눈이 다시 내린다. 소리 없이 소복소복 내리는 함박눈이다.

곧 쌓일 것만 같다.

03. 굴 안 동네

"호오~"

입김과 연기가 섞인 채 굴에 흩어지나, 조용한 입김 소리는 울림조차 느껴지지 않는다.

"이거, 먹어 보라게."

조막만한 손에는 검댕으로 범벅된, 손보다 더 큰 게 쥐어져 있다. 굴 안이라 어두운 탓도 있겠지만, 시커먼 게 너무 많이 묻은 탓에 건네는 그게 뭔지는 알 수가 없다.

단지 여덟 살 동민이가 친구 순자에게 먹어보라고 하는 걸 봐서는 먹을 게 분명하다. 깊은 밤 겨울, 그것도 시커먼 굴에서 먹을 걸 준다는 건 자신을 다 준다고 해도 틀리지 않은 만큼 대단한 일이지만, 쭈그리고 앉아 벽만 보고 있던 순자에게는 아무것도 아닌 듯하다.

동민은 꿈쩍도 하지 않고 대꾸는커녕 고개도 돌리지 않는 순자가 야속하기만 하다.

"맛좋은 건디…."

기다리던 동민은 더는 못 참겠다는 듯 다시 말을 건다.

이번에는 시커먼 그걸 바로 순자 얼굴 앞으로 쑥 들이밀지만 그럼에도 묵묵부답인 순자에게 이제는 화에 짜증까지 '확' 돈다.

"나랑 같이 먹게!"

"이추룩 큰 건 나 혼자 먹지도 못허메."

"창수가 주랜 해도 주지 안핸 갖고 왔쪄."

애가 달은 동민과 달리 순자는 들은 척도 않는다. 도리어 동민이 쭈그린 다리로 순자에게 바짝 다가가 속삭인다.

"영숙이한텐 먹어보랜 허지도 않했쪄."

동민의 숨죽인 목소리가 이번에도 굴 안을 조심스럽게 울리지만, 그럼에도 순자는 쭈그린 무릎에 아예 얼굴을 파묻어버리고는 아무 말이 없다.

"뭐햄시니?"

순자의 어처구니없는 행동에 적잖이 당황한 동민은 그렇지 않아도 동그랗던 눈은 말도 안 되게 커지고 목청 또한 커진다.

그동안 아무도 여기에서는 목청을 키우지 않았다. 설령

하르방이나 할망이라 할지라도 말이다.

"이 좋은 걸 무사 안 먹으멘?"

"우리 밭 감전데."

"으으 동네에서 젤로 단 우리 감저라고~"

"멍충이냐?"

부아 난 동민은 흥분한 나머지 감저를 꽉 부여잡고, 죄
도 없는 감저는 손가락이 푹 박히자 시커먼 껍질이 갈라
지며 일그러져 몽그랑 속살을 드러낸다.

결국, 조용하던 굴 안은 더 커져 버린 동민의 하소연으
로 흔들거리고 여기저기에선 웅성거림이 인다.

"순자야, 그냥 주는 대로 먹으라게."

"경해사, 우리도 좀 자주~"

"시끄러웡 죽어지큰게!"

순자 옆에서 아들을 꼭 안고 자던 창수 아방은 더는 못
참겠는지 소리를 지르고 굴 안 웅성거림은 더 커지고 만
다. 급기야 굴 입구에서 귀한 솜이불을 덮고 자던, 순자와
동민과 같은 동네에 살던 영수 삼춘도 평소에는 아이들에
게 그리 다정했지만 이번에는 신경질까지 내며 이불을 확
걷어차며 목청을 돋운다.

"쨰끌락 헌것들이 어디서 떠들엄시냐."

"피도 안 마른 것들이 어디서 연애질이라?"

"서로 미루지 말고….."

"걍, 여기 가정오라. 내가 확 다 먹어불키어!"

눈치 없는 아이들의 행태에 속이 터졌는지 자리 앉은 영수는 더는 못 참겠다는 듯 벌떡 일어나 삿대질을 한다.

그러자 이번에는 반대쪽 구석데기에서 잠을 청하던 같은 동네 삼춘인 정자도 이불껍데기를 둘둘 만 채 소리지른다.

"우리가 여기 놀러 온줄 알암시냐?"

화가 나 색동이불을 들썩이자 굴 안에는 잔바람이 소용돌이친다. 정자는 그러고도 영수의 주책맞은 말 품새에 화가 안 풀리는지 씩씩거리며 다시 소리를 지른다.

"그만허라!"

"어디서 아이들 먹을 걸 탐내고 경햄시니?"

누가 들어도 영수에게 향한 말이지만 정작 당사자인 영수는 솜이불을 머리까지 덮고 모르는 척 한다. 영수의 행태에 이미 성질이 오를 때로 오른 정자는 약까지 바짝 오른다.

20

"너 지금 내 말 무시허멘? 경헌거?"

화딱지에 자리까지 박차고 일어난 정자는 당장에라도 영수의 목덜미를 낚아챌 기세다. 그때 정자 뒤통수에서 불이 번쩍한다.

"입 다물엉. 잠이나 쳐 자라게!"

"챙피행 못살켜! 아이고 내 팔자야."

"서방복도 없는 년이 뭔 똘복이 있다고…."

"뭔 영화를 보잰 영 굴 바닥에… 아이고."

똘 옆에서 끙끙대며 오지도 않는 잠을 청하던 정자 어멍은 똘 성질머리를 책망하느라 누운 채 똘 다리에 주먹질까지 해댄다.

일이 이쯤 되자 영수도 눈치가 보였는지 고개 돌려 자는 척할 뿐 대꾸 한마디 못 하지만 이불을 머리끝까지 다시 올렸으나 냉골인 굴 바닥에서 오지 않던 잠이 다시 잠이 올 리도 만무하다.

철부지로 귀하게 자란 영수는 이거 없이는 단 하루도 못 잔다며 굴에 들어올 때도 기어이 자기 솜이불을 끙끙대며 지고 왔다. 그 덕에 참 좋은 호사를 누리고 있긴 하지만 대부분의 굴 안 사람들은 지푸라기며 낙엽을 모아 겨우 누울 수 있게 하고 홑이불이나 지푸라기로 겨우 냉기만 가리고 있다.

친구 사이에선 누구도 못 건들만큼 성질머리가 대단한 영수도 어릴 적부터 짝사랑하던 친구 누나 정자에게만큼은 꼼짝도 못 한다. 물론 영수만 정자에게 그러는 건 아니긴 하다.

제주도 서쪽 끝 중산간에 위치한, 근처에서 제일 큰 마을 서동에서 일 잘하고 목청 큰 정자에게 뭐라 할 사람은 연세 많으신 하르방과 할망 말고는 없다.

정자는 어멍의 책망에 억울한 나머지 가슴에 계속 화가 차 울렁이더니 기어이 소리를 지른다. 그동안 소리는커녕 숨도 죽이고 살던 굴 안 사람들은 정자의 '왁왁' 대는 소리에 깜짝 놀라면서도 대리만족에 대놓고 뭐라 하지도 않고 키득대기만 한다.

하지만 그것이 또 성질을 건드렸는지 감정을 주체못한 정자는 둘둘 말고 있던 색동홑이불을 확 하고 걷어내고는 바닥에 양반다리까지 하며 자리를 잡고 앉는다.

"다들 이젠 그만허라!"

"아이들 자파리에 무신 신이나 떠들엄시냐?"

"상황 파악이 안되메?"

매섭게 정색한 정자는 이번엔 소란의 시작인 동민을 쩨려본다.

"너 우리 괸당이지. 내가 너, 할망이여!"

"까불지 마랑. 그냥 잠이나 쳐 자라게 지금 바로 안자민, 그 감저 내가 확 먹어불키어. 알암시냐?"

동민에게 화가 가라앉지 않아 겁을 주려 그러는 거였지만, 굴에서의 허기진 생활에 자기도 모르게 속에 있던 말이 툭 나오며 정자의 쭉 뻗은 마음이 동민이 쥐고 있던 감저에 가 꽂힌다.

물론 다들 농이라 여기긴 했지만, 동민은 농으로만 받아들이지 못하고 정자의 카랑카랑한 목소리에 놀라 시커먼 숯 검댕 감저를 껍질도 까지 않은 채 순자 입에 쑤시듯 박아 넣고 만다. 너무나 갑작스런, 찰나에 벌어진 일이다.

숯처럼 새까맣게 탄 감저지만 '확' 하고 입안으로 밀려오자 순자는 반사적으로 입을 우물거리고 시커먼 껍질 사이로 삐져나온 보들보들 달달한 속살을 맛보게 된다.

'아, 맛 좋다.' 감저가 입에 들어가자마자 순자 얼굴에 화색이 돌고 동민의 눈은 그렁그렁 감동으로 가득 찬다.

"맛 좋지? 맛 좋지! 우리 감저가 동네에서 제일 맛 좋텐 허난!"

의기양양해진 동민은 두 손으로 감저를 부여잡고 먹는 순자를 보느라 정신이 없다.

그리고 또다시 시작된 동민의 수다에 화가 난 정자는 눈을 째려 순자와 동민을 보지만 동민에겐 더는 아무것도 보이지 않는다.

먹는 것에만 정신 팔린 순자를 보다 떠들다가 또 혼날까 걱정이 되어 입을 틀어막다가, 숨죽여 키득거리기 바쁘고, 오직 달달한 감저를 먹느라 입 주변이며 얼굴 반이 숯검댕이가 된 순자는 시커먼 숯검댕이 사이로 하얀 이빨을 드러내고 눈이 없어져라 소리 없이 웃는다.

굴 생활이 익숙해져 이젠 눈을 감고도 훤히 볼 수 있을 것 같은 사람들은 오랜만의 따스함에 눈을 감은 채 빙삭이 웃는다.

말 없는 순자와는 정말 다른 동민이다. 둘의 이상한 조합은 화사한 빛남으로 침침하고 차가운 굴을 따스하게 채우고 있다. 겨울의 매서운 냉기도 잠시 사라지고 있었다.

"누가, 내 감저 먹으멘? 어엉."

그사이 화가 다 풀렸는지 정자도 괜히 눈을 부라리기는 하지만 자기 대신 순자가 큰 감저를 먹는 게 싫지만은 않은 듯 가짜 어깃장을 내지르며 빙삭이 웃기만 한다. 정말 오랜만에 보는 정자의 웃음이다. 굴에 들어온 이후 아마 첨이지 싶다.

정자는 원래도 카랑카랑한 성격이긴 했지만 작년 가을 내려진 포고령인가 뭔가 하는 게 떨어진 후 그해 겨울, 토벌대는 새벽 연설을 하겠으니 집결하라고 했고 아방은 경찰인 큰아들 생각에 이럴 때일수록 자기가 앞장서야 아들에게도 해가 가지 않을 거라며 각시와 똘을 집에 두고 새벽 샛바람 그곳으로 갔다. 하지만 그 길이 마지막이었다.

"나, 금방 다녀오켜~"

"조반은 아방이랑 같이 먹게."

이부자리에서 뭉그적거리느라 샛바람에 나가는 아방에게 인사도 하지 않는 똘에게 아방은 평소처럼 다정하기만 했다. 그리고 잠시 후 들린 총소리!

그때 정자는 어멍을 부둥켜안고 벌벌 떠는 것 말고는 아무것도 할 수 있는 게 없었다. 아방이 돌아가셨단 말을 듣고 장자는 바로 어멍만 모시고 이곳 굴로 들어왔고, 이후

25

오라방도 동료 경찰에게 죽었다는 소식을 들었다.

이후 정자와 어멍은 그전 모습과 많이 달라져 버렸다. 평소 결혼 생각은커녕 평생 남자 없이 어멍 아방이랑 살겠다며 억세게 '왁왁'대기는 했어도, 둥실한게 품 크고 정스러웠으나, 이젠 인정머리 없이 날카롭기가 잘 간 골갱이마냥 '뾰족 이'가 되었고, 정자 어멍도 다정하기 이를 데 없고 총명하기 그지없는 고운 어멍이었으나 이제는 표정하나 없이 눈만 퀭한 데다 정신마저 오락가락하는 신경질만 남은 무서운 어멍이 되어버렸다.

정자를 하나뿐인 뚤이라며 귀하다, 시집도 못 보낸다며 그리 끼고 좋아하더니 이제는 정신이 오락가락할 때마다 말도 안 되는 어그짱을 부린다.

"아방 데려오라, 너 오라방 데려오라."

그러다 화가 목구멍을 막아설 땐 '아방 잡은 년'이라며 뚤 머리채를 잡고 뒤흔들기까지 한다. 그럴 때면 정자는 눈물 그렁그렁한 눈으로 말없이 당하기만 할 뿐 아무런 대항조차 하지 않는다. 소리가 나가면 안 되는 여기에서 다른 사람들을 위해서라도 무조건 싹싹 비는 것 말곤 할 수 있는 일이 없어 어쩔 수 없이 그렇게라도 어멍의 입을 닫고는 했다.

그러던 정자가 오늘 소리를 지른 것이다.

아마 며칠째 거친 눈보라가 쉴 새 없이 치다, 바람 한 점 없이 탐스러운 오늘 눈 때문이리라. 바람 곳이라 해도 틀리지 않을 제주 서쪽 중산간에, 바람 한 점 없이 내리는 눈은 오는 족족 쌓여 벌써 어른 다리도 쑥 빠질 만큼 깊어졌고, 덕분에 추위도 좀 가라앉는 듯하고 망을 보느라 할망 하르방이랑 따로 자던 '삼춘'들도 여기 한 곳에 모이게 되었다.

눈밭에 그것도 오밤중에 설마 하니 마을 사람들이 모여 있을 거라, 생각지도 못하는 이곳에 올 이는 아무도 없을 거라는 소망에 굴 안 사람들이 동민과 순자를 핑계로 요란한 툴툴거림을 하게 했고 사람 사는 기분을 느끼게 하고 있는 것이다.

작년, 제주시에서 열린 삼일절 행사 때 사람들이 죽어 나간 이후에도 서쪽 중산간 마을 서동은 순자 어멍과 아방이 불의의 죽음을 맞이하고 그래서 순자 아방의 절친한 친구인 동민 아방이 그 충격으로 다른 사람처럼 되기는 했지만, 그것 말고는 큰 변화가 일어나진 않았고 자신의 생업과 일상을 살고 있었다.

하지만 작년 가을 정자 아방과 그 또래 삼춘 10여 명이 갑작스레 진행된 새벽 소집 때 참가했다가 무자비한 총살을 당한 일을 시발로 서동에도 피비린내가 진동하기 시작했다.

공출이며 갖가지 핑계로 폭행하고 잡아가는 건 다반사였고 말도 안 되는 꼬투리로 마을 사람들을 죽이기까지 했다. 이유 없는 막무가내였다.

급기야 집에까지 불을 질렀고 마을은 하루가 멀다 하고, 불바다가 되었다. 횡포를 부리는 군대와 경찰도 모자라 서북청년단인지 뭔지 하는 육지 것들까지 몰려다니며 동네 삼춘들을 잡아가고 죽이더니, 연세 많으신 하르방과 할망에게까지 행패를 부리기에 이르렀다.

젊은 여자 삼춘이며 동네 처녀들에게 시비를 걸어 괴롭히지를 않나 눈앞에 얼쩡인다는 이유로 철없는 어린아이들에게까지 발길질이며 몹쓸 짓을 해대곤 했다.

가난하지만 끼리끼리 조용히 살던 서동은 그렇게 하루가 멀다고, 대대로 살던 집까지 불타 없어지자 도저히 살 수 없는 생지옥이 되고 더는 이렇게 살 수 없었던 사람들은 자신들만 아는 이곳 '궤'로 모여들었다. 처음에는 낮에만 이곳에 피해 있다가 밤에는 집으로 내려가고는 했다. 처참한 피비린내가 나날이 심해지자 이제는 더 많은 마을 사람들이 이곳으로 몰려 왔고 집에도 가지 못하고 계속 굴에서만 지내게 되었다.

"아래서 총 들엉 오민 어떵헐꺼?"

화가 풀린 듯했던 정자는 또 뭐가 수틀렸는지 살벌한 정색으로 얼음장 같은 독설을 내뱉는다.

들짐승조차 꼼짝 못하는 오늘은 여러 달, 굴 안을 채운 마을 사람들에겐 선물 같은 날이었으나 정자의 아무도 부인할 수 없는 무서운 윽박지름은 기어이 굴 안을 다시 정적으로 만들었다. 아무 것도 모르는 함박눈만 조용히 내린다.

'총'이라는 말의 두려움에 얼어버린 듯 순자와 동민은 물론 영수와 굴 안의 모든 사람들은 애벌레 처럼 몸을 웅크린다. 겨울 추위에 마음 추위까지 달래보려는 몸짓이다. 동굴 안에는 근처 마을의 어른, 아이해서 약 100여 명이 모여 있다.

그중 스무 명 남짓 되는 아이들 중엔 순자 옆집 영숙이도 앞집 창수도 이곳에 있고 시집와 첫애를 가진 순덕이 아주망도 이곳에 있다. 그렇게 서동은 굴 안에 있다.

그래서인지 이번 같은 살벌한 말에 얼어붙기도 하지만 햇볕은 물론 밤의 별빛, 달빛 어느 것도 들지 않는 굴은 비좁았으나 그래서 좋기도 한, 사람의 온기로 사는 곳이 되고 있다.

04. 철모르는 아이들

　이른 새벽. 동민 아방과 아침을 준비하는 어멍들만 움직이고 있다. 동민 아방은 괜한 농담으로 분위기를 띄우려 한다.

　"날 볽아신게, 일어들 납써~"

　"어멍들은 오늘 조반도 잘 해줍써~"

　동민 아방의 목소리가 다정하다.

　하르방 때부터 꽤 규모가 있는 감저 농사에 전분공장까지 운영하고 있었던 데다, 잘생긴 얼굴에 인심까지 좋아 서동에선 꽤나 먹히는 인물이었으나 여기에선 호락호락 먹히지 않는다.

　난리를 겪으며 도망치듯 온 굴에서 수십여 일을 생활한 어멍들은 '왁왁' 대는 성질만 남아 살가움 없이 무섭게 대꾸한다.

　"알았수다."

"우리 일은 우리가 알아서 허주게. 걱정맙써!"

괜한 간섭이라 여기며 동민 아방에게 기어이 한마디하기는 하지만 그럼에도 아이들과 어르신 생각에 정성껏 식사를 준비한다.

굴 한켠에서 불도 사용할 수 없는 상황이지만 맷돌에 조를 갈아 헝겊에 싸서 만든 '조범벅'을 아침으로 준비한다. 어멍들에게 나름 아침 인사를 한다고 아는 척하다 퉁명스럽게 야단만 맞은 동민 아방도 그 마음 잘 아는지라 품 넓게 먼저 수그린다.

"잘못해수다. 오늘 조 범벅도 잘해줍써!"

하지만 동민 아방은 그러는 와중에도 좀 전에 본 식량통이 생각난다. 조를 담은 독이 바닥을 드러내고 있었다. '이 정도면 얼마 못 가 다 떨어질 텐데….'

그리고 입구에 쌓아둔 지푸라기를 살피고 굴 입구로 나가 한숨을 쉬자 숨은 하얀 연기가 되어 사라지고 다시 나타나고를 반복한다.

'설경은 죽이네!'

평화로운 시대였다면 굴 밖 눈 덮인 풍경은 즐기기도 아까운 장관이다. 하얀 눈이 수북수북 쌓인 굴 주변은 말 그대로 눈 천지다. 전분공장 할 때 지겹게 본 하얀 전분 가루가 온 천지를 뒤덮고 있는 것 같다.

'저것들이 다 먹을 거면⋯.'

동민 아방은 안타까움에 애꿎게 하늘만 원망스레 쩨려본다. 굴로 들어오기 전 동민 아방은 하루가 멀다고 쥐어짜던 공출로 다리가 휠 지경이었다. 급기야 집에까지 들이닥친 서북청년단 놈들이 연로하신 어멍과 아방을 마당까지 끌어내 발길질하며 협박을 하자 그 모습에 눈이 뒤집혀 그동안 참고 참았던 화를 더는 참지 못하고 내뿜다, 그길로 붙잡혀 갖은 고문을 받았다.

그리고 나이 든 아방은 그래도 아들놈 살리겠다고 전분공장을 받치겠다는 서약서를 그놈들 턱주가리에 갖다 바쳤고 피투성이가 된 동민 아방을 집으로 데리고 왔었다.

부모님은 그마저도 하늘이 도왔다며 목숨 부지하고 병신이 되지 않은 아들을 보며 가슴을 쓸어내렸지만, 동민 아방은 그런 일을 겪고 전분공장까지 빼앗기자 앞으로 또 어떤 일이 생길지 모른다는 불안감에 굴로 들어가기로 마음 먹었고 그날 밤 각시에게 자신의 속마음을 털어놓았다.

"동민 어멍, 도저히 않되큉게. 우리도 굴에 들어가야 될꺼 담수다."

그리고 짐을 챙겨 굴로 들어왔다. 그동안은 감저밭이며 전분공장이 걱정되어 움직이지 못한 거였다. 부모님까지 횡포를 당한 데다 전분공장까지 그놈들 손에 들어가자 더는 그들의 패악질을 겪을 명분이 남지 않아 마음을 먹은 것이만 단지 그게 다는 아니었다.

고문을 받던 중 자신을 의자에 묶어놓고 몽둥이찜질을 해대던 서북청년단 중 한 놈이 자기 앞에서 아무렇지도 않게 지껄이던 온몸에 소름 돋던 말 때문이었다.

"가진 재산 믿고 계속 말 안 듣고 까불면 너네 고운 각시 헤집어 놓을 테니 알아서 해에! 무슨 말인지 알지?"

욱하는 성질은 있지만, 동네에서 제일 곱닥한 각시가 몹쓸 짓을 당할까, 하는 두려움에 더 이상은 머뭇거릴 수 없었던 것이다. 어제도 굴은 무사히 하루를 보냈고 사람들은 눈이 주는 포근함에 오랜만의 곤한 잠에 빠졌다.

하지만 아침 준비하던 어멍들이 주는 욕만 먹고 이른 새벽 굴 입구로 나간 동민 아방은 살 떨리는 옛날 생각에서 벗어나려 주변에 눈을 돌린다. 포근한 이불이 사방을 덮고 있는 듯한 설경을 안타깝게 보다 자기도 모르게 깊은 한

숨을 내쉰다. 아래에서 토벌군이 올까 두려운 맘에 숨소리조차 죽이던 시간에서 이렇게 한숨을 쉴 수 있는 지금은 너무 호강이긴 하지만 말이다.

'애들 놀기 딱 좋은 날씨네….'

유독 눈 장난을 좋아하는 아들 생각에 검은 하늘 밑 하얀 눈밭을 둘러본다.

'그렇지, 눈 자파리를 내 새끼만 좋아할까?'

'굴에서 어둡하고만 지내는 가여운 굴 안 아이들이 이 장관을 본다면 분명 눈이 휘둥그레지며 정신을 잃을 게 뻔한데….'

동민 아방은 생각이 여기까지 치닫자 입술을 질근 거리며 고민에 휩싸인다.

'그래, 요 앞 입구에서만 놀게 할까? 오늘만!'

'어차피 눈밭이라 식량도 구하러 가지 못하고….'

'옆에서 감시하면 될 것 같은데… 잠시만 놀게 할까? 조용히 놀게 하면 되겠지!'

동민 아방의 고심이 깊어질 때쯤 굴 입구에서 얼굴을 빼곡히 내미는 아들의 얼굴이 보인다. 잠 많던 동민이도 이곳 굴에 와선 노인네 같이 잠이 없다.

"누가 여기까지 나오랜 해니?"

아들 얼굴에 깜짝 놀란 나머지 혼자 생각에서 급히 깨어 아들에게 간다. 그리고 본능적으로 주변을 둘러보지만, 다행히 수상한 낌새는 없다.

"오늘만 순자랑 밖에서 놀면 안되마씸?"

동민은 속삭이듯 아방에게 사정을 한다. 평소 초롱초롱 하던 눈을 최대한 불쌍한 척 내리깔고 있다. 굴 안에 들어온 이후 첨으로 보는 하얀 눈에 동민은 눈동자를 바삐 굴린다. 하나라도 더 보고 담아 가려는 듯하다.

"위험해서 밖에 못 나오게 한다는 거 알멍 경햄시냐?"

아들 곁으로 다가가 속삭이는 동민 아방의 표정은 근엄하다. 아들의 소망을 단번에 꺾어 보겠다는 심상이다.

하지만 자신도 좀 전까지는 동민과 같은 마음으로 고민하던 차였기에 겉만 그러했지 속은 이미 허락하고 있다. 아들과 서둘러 굴로 들어간 동민 아방은 깊은 고민을 서둘러 해치우고 날이 밝기를 기다린다.

날이 밝자 신을 짓기 위해 하르방들이 굴 입구로 모이고 그때를 놓칠세라 동민 아방은 서둘러 그곳으로 간다. 하르방들은 심란한 마음을 잊으려 아침마다 신 짓는 일에 열중이다.

"어르신들 오늘은 밖에 눈이 하영 와 아래서도 움직이기 힘들꺼 담수다."

"오늘만 저기 꼬맹이들 아침 먹어그네, 잠시나마 눈 자파리라도 치게 허민 하는데 어떵허쿠가?"

"저희가 안전하게 감시해서….."

"어린것들이 불쌍해마씸!"

동민 아방의 조심스러운 사정에 하르방들은 짓던 신을 내려놓고, 의논에 열중한다.

심각한 표정과 인자한 표정이 뒤섞이더니 잠시 후 영숙네 하르방이 대표로 한마디 한다.

"경허라. 애들이 뭔 죄니."

"콩알만 한 것들이 놀지도 못하고, 쯔쯔."

"대신 아방들이 잘 챙기고….."

"절대 떠들지말랭 고라사주게, 아이들 웃음소리는 담장을 넘어 한참 날아간다이. 알안?"

내심 동민 아방의 말이 기특했는지 영숙네 하르방의 얼굴엔 미소가 그득하다.

"네, 알아수다. 걱정허지맙써!"

다행히 하르방들의 허락을 받은 동민 아방은 하얀 눈처럼 표정이 밝아진다. 제일 높은 어르신들에게 허락을 받았으니 이제 반은 해결된 셈이다.

사람들을 모아 공식적으로 허락을 받으면 아이들은 모두 '눈 자파리'를 할 수 있게 된다. 동민 아방은 내친김에 아직 잠들어 있던 각시에게 가 이 소식을 전해 협조를 구하고 만만한 영수를 깨운다.

"친구들 두어 명 데리고 나오라게. 아이들 눈 자파리 하랭허게."

"나는 마저 허락받고 창수 아방, 영숙 아방이랑 아이들 챙겨 나갈 거난, 너넨 미리 나가그네 굴 주변을 살펴보라."

영수에게 동민 아방은 제일 친한 형님이자 전분공장에서 일도 가르쳐 주는 사장님이다. 그런 관계로 영수는 동민 아방 말이라고 하면 뭐든 믿고 따랐다. 영수는 어릴 적부터 죽고 못 사는 단짝 친구 용민과 창덕을 데리고 서둘러 굴 밖 상황을 정탐하러 나간다.

예전에 용민의 여동생 용순이 영수만 오면 숨어서 지켜보는 통에 영수에게 우격다짐하며 자기 여동생에게 관심 가지면 죽여버리겠다며 영수와 거친 몸싸움을 했지만 싸우면서 정이 든다고, 그러고는 더 친해진 사이가 되었다.

용순은 바닷가 아랫동네에 시집을 갔고, 가자마자 애가 들어서면서 얼마 있으면 해산달이 된다. 하지만 식구들이 모두 여기로 오는 바람에 동생 산구완해주기는 틀려먹었다며 영수만 보면 하소연이다.

'이럴 줄 알았으면 그냥 모르는 척 놔둬 너랑 잘 되게 할 걸…. 그럼 굴 안에서라도 동생을 돌볼 수 있었을 텐데….'

창덕은 홀어머니와 사는 하늘이 내린 효자다. 좋은 것만 있으면 꼭 어멍부터 챙기는 통에 동네 어르신들은 모두 입을 모아 '창덕이만 같아라.'라고 동네 청년들에게 잔소리를 해대곤 했다.

하지만 색시마냥 조용하기만 한 창덕은 그런 일도 핑계가 되어 동생 청년들 사이에서 곧잘 미움을 사면서 종종 시비에 휘말렸고 그럴 때마다 영수와 용민이 달려가 그놈들을 두들겨 패주는 통에 이젠 창덕에게 시비 걸며 건드는 놈은 아예 없어지고 말았다.

"용민은 오름 쪽을 둘러보고, 창덕은 숲 입구 쪽을 살피라. 난 옆 궤 쪽으로 가 보키어."

"경했뗀 멀리 가지는 마랑~"

"경허당 발자국 남기믄 그러면 큰일 난다이!"

영수의 신신당부에 친구들은 또 잔소리를 해댄다며 불만을 토로한다.

"저놈은 저 입이 문제라~"

"알아서 하키어. 별 상관을 다 햄신게!"

영수와 친구들이 굴 주변을 살필 동안 아방들과 다른 남자 삼춘들은 죽창을 만들고 이미 만들어 놓은 죽창도 다시 손을 본다. 짚단도 모아 입구 주변에 두고 굴과 입구 주변을 살핀다.

바깥 상황을 살피고 영수가 굴로 돌아온다.

"밤새 눈이 어마 무시하게 완!"

굴 입구에서 아침 준비을 챙기던 정자는 영수를 보자마자 눈을 부라린다.

"발자국은 치우고 완?"

"걱정맙써 죽을카부덴 겁나그네, 그냥 오지도 못해마씸."

"게문, 눈은 완전히 거친 것 닮수다."

"다들 조심들 허게 마을에 내려갈 생각마라양~"

"아랫놈들도 내일은 아침 먹고 움직일 거 닮수다."

"눈이 하영 묻언, 걷는 게 보통 힘든 게 아니우다!"

영수 말대로라면 눈이 너무 와서 밑에 있는 경찰이나 서북청년단들도 움직이지 못하니 설마 사람들이 모여 있겠냐고 할 이곳까지 수색대가 올 리 없다는 거다.

영수의 이번 입바른 소리는 그래도 희망적인 기쁜 소식이라 아침을 챙기던 어멍들도 안도의 한숨을 낸다.

하지만 정자는 영수가 못 미더운지 안절부절이다. 다시 불안한 마음을 못 이기고 뾰족한 말을 하려 했고 옆에서 그걸 눈치 챈 동민 할망은 정자의 팔을 당겨 다른 곳으로 데리고 간다.

"된, 어제 오늘 일도 아니고…. 고생하고 온 놈들 밥이나 채리라."

동민 할망 말에 맷돌로 조를 갈아 헝겊으로 싼 조 범벅 아침이 서둘러 다시 차려지고 이미 아침을 끝낸 아이들은 하나, 둘 굴 안 입구로 모인다. 곧 아이들에겐 세상 제일 좋은 시간이 곧 올 것이다.

이미 동민 아방이 아이들을 보고 있던 할망들에게도 가서 아이들 눈 자파리를 허락 받았고, 동민 어멍이 다른 어멍들도 이미 설득한 상태다. 그러는 사이 아이들도 이번

거사(?)를 눈치채면서 얼굴이 때 아닌 복사꽃이 되어갔다.

아침 식사가 끝나자 동민 할망은 순자를 불러 머리를 빗긴다. 짧은 똑 단발을 참빗으로 정성껏 빗긴다.

"어멍, 아방 어서도 밥 잘 먹고. 어제추룩 주는거 안 먹고 경허믄 안 된다. 알아시냐!"

'으구 불쌍한 거.' 순자의 처지를 애처롭게 여긴 동민 할망의 마음을 곧 8살이 되는 눈치 빠른 순자는 알아채고 주눅이 든다. 하지만 그런 순자의 마음을 눈치 채지 못 한 동민 할망의 하소연 같은 구시렁거림은 계속된다.

'일본에서 그냥 살았으면 이 꼴 저 꼴 안 당했을 걸 괜히 와서 똘 고아나 만들고…. 고향이 뭐라고 휴~'

동민 할망의 한숨은 빗질보다 길다.

"저쪽에 강 놀게."

순자 머리가 다 빗겨지길 기다리다 지친 영숙이 순자 손을 낚아챈다.

"할망, 우리 놀젠."

"순자 머리 다 빠지쿵게게."

"동민이랑 창수도 저기 이신다."

좁은 굴 안에서도 천정이 너무 낮아 어른들은 들어오기

조차 힘든 굴 구석떼기에 흙으로 만든 장난감 식기며 나 뭇가지에 낙엽이 된 나뭇잎이 놓인 곳으로 순자를 데리고 간 영숙은 보통 요망진 아이가 아니다. 순자보다 한 살 어 리긴 하지만 참살이라 같이 학교에 갈 거라는 어른들 말 을 듣고 나선 언니라고 하지도 않고 말끝마다 반말이다. 그냥 '순자야~ 순자야~'를 입에 달고 산다.

영숙이 말대로 굴 구석에는 동민과 창수가 미리 와 앉아 있다. 단짝 중 제일 요망진 영숙이 말대로 해야지 괜히 의 견을 내거나 마음대로 했다간 얼마나 고달파질지 잘 아는 동민과 창수는 멍하니 앉아 영숙이 순자를 데리고 오기만 기다리고 있다.

기다림이 지겨웠는지 동민은 창수를 들쑤신다.

"경해도 넌 바로 옆집이난, 뭐라도 좀 해 보라게."

"뭐라햄나, 동민이 너 한 번만 더 경허믄 영숙이한테 고 라블키어."

"나는 영숙이가 젤 무서운디!"

창수는 동민을 째려보며 손사래를 친다.

"창수, 뭐랜 햄나?"

영숙이 순자 손을 끌고 들이닥치며 창수가 방금 한 말을 따지고 지레 찔린 창수는 고개를 사정없이 흔든다.

"아, 아니 난 아무 말도 안골안."

"동민이한테 물어보라게."

창수가 동민을 가리키자 영숙의 눈은 동민을 째린다.

"동민이 넌 나한텐 감저고 뭐고 아무것도 안주멍, 순자한테는 주멘?"

동민을 째리는 영숙의 눈이 튀어나올 것만 같다.

그렇지않아도 둥글 넙적한 얼굴의 반은 될 것 같은 큰 눈은 그냥 뜨고만 있어도 무시무시했으나 어두운 굴에서 째려보기까지 하자, 그래도 딴에는 겁이 없다 여기던 동민조차 움찔한다. 영숙의 하얀 흰자가 무섭게 빛난다.

"순자 아니고 미숙이년이나, 딴것한테 경해시믄 가만 안됐져. 알안?!"

영숙의 채근에 움찔하던 동민은 슬그머니 순자에게 간다.

"순자야 내가 아방 할테니 넌 어멍하고 영숙인 똘하고 창수는 아들 해서 놀게."

영숙이 겁은 났지만, 하루 이틀 일도 아니고 좁은 굴에서 도망갈 수도 없는 노릇이다. 그렇다고 같이 놀지 않을 수도 없는 상황에 적응해버린 동민은 얼렁뚱땅을 그새 배웠다. 동민은 소꿉장난을 할 때마다 아방 어멍을 순자랑만 하는 통에 창수는 부아가 난다.

'나도 영숙이랑 어멍 아방 하고 싶은데….'

영숙을 몰래 좋아하던 창수는 속으로나마 불만을 터트리지만, 영숙은 군소리도 없다. 그냥 그리해야만 하는 듯 따르고 논다. 이럴 때는 순자보다 영숙이 더 순하다.

05. 어멍 아방의 시간

해방과 함께 일본에서 고향 제주로 돌아온 순자 아방 정우는 조상 대대로 이곳 서동 사람이다. 하지만 일찍 조실부모하면서 헛헛한 마음을 달래려 일본으로 돈벌이하러 갔고 그곳에서 만난 순자 어멍 옥선과 순자를 데리고 다시 제주로 왔다.

조센징이라며 차별받던 일본 생활과는 달리 해방된 조국에서는 마음 편히 살 수 있을 줄만 알고 일본에 있던 집이며 가게 그리고 자신이 몰던 인력거까지 다 처분하고 무작정 제주로 돌아왔지만 이곳엔 아무 것도 없었다.

그나마 폐가나 다름없긴 했지만 어릴 적 돌아가신 부모님과 살던 집이 여태 비어있어 그곳을 고쳐 제주 살림을 시작하고, 어느 정도 집 꼴이 갖추어질 때쯤 집 옆 우영에서도 먹을 만한 게 자라나면서 생활은 조금씩 안정을 찾았고 상했던 몸도 조금씩 회복해 갔다.

일본에서 함께 온 순자 어멍, 옥선은 제주에서도 억척스럽기로 소문난 동쪽 출신 각시지만 옥선에게 이곳 서동은 처음에는 타지일 뿐이었다.

시부모도 없는 3대 독자 남편에겐 가까운 일가친지 하나 없이 단지, 어릴 적 친구 몇 명과 서방의 집안 내력을 아는 마을 어르신 몇 분만 있을 뿐이었다.

의지할 곳 없는 서동에서, 제주에 온 첫해에 당한 일로 다리가 불편해진 서방, 정우를 대신해 마을에 일거리가 나왔다 하면 닥치는 대로 일꾼 노릇을 했다. 밭일이면 밭일, 막일이면 막일 가리지 않았지만 그럼에도 하루 살기도 팍팍했던 옥선은 어쩔 수 없이 아랫동네 바닷가 마을 아낙네들이 하는 물질에도 끼려 했다.

바다가 마을에서 태어난 옥선은 처녀 때부터 고향 앞바다에서 물질을 곧잘 했고 일본에서도 순자 아방을 만나기 전까진 식당 종업원 일을 하면서도 틈틈이 물질도 하면서 그리 만든 돈을 제주 본가에 보내기도 했고, 자신의 꿈인 자기 식당을 차리는 자금으로 요긴히 사용하기도 했다.

대대로 해녀였던 어멍의 뚤, 옥선은 물질에 지쳐 아방이 작은댁을 두든 말든 상관도 안 했고 하나밖에 없는 뚤자식인 자신에게조차 물질을 핑계로 관심을 주지 않았다.

그런 어멍에 대한 불만과 원망으로 자신은 이 빌어먹을 다시는 물질하지 않고 살겠다며 열여덟 한창 꽃다운 나이에 무작정 일본으로 가는 배를 탔었다.

그땐 뭔 용기였는지, 밀항으로 일본에 넘어간 옥선은 겁도 없이 닥치는대로 일을 했다. 아마 거친 물살을 마다하지 않고 바다로 뛰어들던 어멍의 강인함을 그대로 닮은 옥선이기에 가능했을 것이다.

하지만 녹록하지 않았던 타지, 일본에서 옥선은 죽기만큼 싫었지만 다시 물질을 시작했다. 왜냐면 이거만큼 돈이 되는 일도 없는 데다, 아무나 할 수도 없는 소위 전문기능직이었던 물질로 얻는 수익이 식당 종업원을 하며 받는 봉급에 비할 바가 아니기 때문이었다.

그렇게 악착같이 모은 돈에 매운 손끝에 맛이 붙어 뭐든 만들기만 하면 먹는 이들의 탄성을 자아내던 솜씨로 옥선은 일본에 온지 몇 해 되지 않아 오사카 변두리 끝자락에 작은 식당을 열게 되었다.

그리고 가게를 연 첫날 비와 함께 온 손님 정우를 만나 살림을 차렸다. 정에 굶주린 동병상련의 남녀가 눈이 맞기는 그리 오랜 시간이 걸리지 않았다.

"여기 이 갈치속젓은 뭐 마씸?"

일본에서 제주 음식인 갈치속젓을 본 정우는 자기도 모르게 제주말로 감탄했다.

"제주 사람 맞아마씸?"

"들어오는 모양새가 그럴 것 같더라니."

"난 동쪽 사람이우다. 댁은 어디마씸?"

요망진 제주 아가씨가 설컹설컹 말을 걸어오며 자신이 먹던 제주 찬을 이것저것 챙겨주자 돈 벌 일 아니고는 고개도 돌리지 않던 무충한 청년 정우는 홀린 듯 옥선에게 빠져들었다.

장사 첫날, 비마저 억수같이 내리며 더는 손님이 오지 않는 늦은 저녁 제주의 젊은 청춘남녀는 머나먼 이국땅 일본 오사카에서 회포를 제대로 풀었고 밤이 새도록 정겨운 제주 이야기와 제주 음식으로 울다 웃으며 새날을 맞았다.

그리 정이 든 정우와 옥선은 누가 먼저 할 것도 없이 부부의 연을 맺기로 마음 먹고 살림을 합쳤지만, 일본에선 이방인일 수밖에 없는 이들이 일가친척 하나 없는 이곳에서 결혼식을 올릴 수는 없었다. 언젠가는 다시 돌아갈 본향 제주에서 다시 식을 올리자는 언약만 한 채 정화수 하나 떠 놓고 그리 부부가 되었다.

옥선은 이제 죽기만큼 싫었던 물질을 더는 하지 않을 수 있었다. 착실한 데다 돈도 허투루 쓰지 않았던 정우가 수입 좋은 자기 인력거를 끌었고, 부부의 연을 맺으며 바로 들어선 순자를 키우랴 식당을 꾸리랴 바쁜 나머지 물질은 잊었다. 아니, 좀 더 정확히 말하자면 저쪽 구석에 던져 버렸다고 해야 옳을 것이다. 어멍 생각 고향 생각에 물질을 버릴 수는 없었다.

옥선의 그 시절은 달았다! 사탕보다 화과자보다도 더 달달했다. 어린 순자의 꼬물거림과 돌처럼 단단한 순자 아방의 정스러움은 타향살이 힘듦 마저 잊게 했고 고생도 이젠 다 끝난 듯했다. 그치지 않는 웃음소리에 이런 게 행복이구나 하며 정말로 평생, 물질하지 않고도 잘 살 수 있을 줄 알았다.

귀향선을 타고 제주로 오자마자 정우와 옥선이 맨 처음으로 발길을 잡은 곳은 사실 서동이 아니라 옥선의 고향 '동평'이었다. 옥선의 친정인 동쪽 작은 바닷가 마을 '동평'에서 결혼식을 올리기 위함이었다. 십여 년이 넘어 고향을 다시 찾은 옥선은 그사이 아버지가 돌아가시고 어머니만이 홀로 남았다는 걸 알게 되었다.

주변 친지들이며 아버지의 작은댁 식구들은 아버지가 돌아가신 후부터 이곳에 발을 딱 끊고 혼자 남은 어머니만이 허물어져 가는 집을 쓸쓸하게 지키고 있다는 것을 알게 되고….

마을 해녀 중 물질을 잘하는 상군 해녀로 마을에서 큰소리치던 어멍은 자신에겐 '정'하나 주지 않던 서방이 술을 먹다 경찰과 시비가 붙어 그길로 잡혀가 송장이 되어 돌아오면서 서방 하나 건사 못한 죄인이 되었다.

그리고 그걸 꼬투리 삼은 작은댁과 그 아들의 횡포 그리고 그걸 거드는 집안 어른들로 어멍은 화병까지 얻은 상태라는 것도!

무작정 제주로 오자던 정우 몰래 옥선은 귀향자금을 마련했다. 일본에서 제주로 돌아가는 이들은 가진 걸 처분해서 자금을 마련하는 데는 많은 제한이 있었다. 그러나 수완 좋은 옥선이었기에 아름아름 가게며 인력거를 처분하고 당시로써는 꽤 큰돈을 마련해 가져왔다. 제주에서 집칸

51

은 물론 밭뙈기도 장만하고 결혼식도 할 충분한 돈이었다.

하지만 괜히 돈 자랑을 했다간 어떻게 될지 너무도 잘 알던 옥선은 서방 정우에게도 비밀로 하였으나 엉망이 된 어멍을 보고는 위로한답시고 힘을 실어주자는 마음에 돈이 있음을 어멍에게 말했고 결혼자금과 어멍에게 줄 돈을 따로 떼어 주었다.

"이거 아무한테도 골지맙써. 순자 아방도 모르는 돈이라, 괜히 동티나면 큰일 나양!"

그러면서 조용히 식만 치르고 가겠다고 하며 따로 어멍에게 챙겨준 돈도 티 안 나게 야금야금 쓰라는 당부도 잊지 않았지만, 그 말은 결국 소용이 없었다.

서방이 죽고 가지고 있던 밭까지 아들을 낳은 작은댁에게 줘야만 했고 집안 어른들의 성화에 일본에서 고생하는 딸이 오면 주려 장만했던 집까지 이래저래 다 빼앗겨 화병에 건강까지 나빠져 물질도 못하게 된 어멍은 부아로 꽉꽉 들어찬 뒤틀린 마음만 남아 있었다.

"알앙 알아서 하켜라. 걱정마랑!"

"잔치도 내가 알앙 하키어!"

그리 말했지만, 어머은 말과는 달리 일을 벌였다.

처음엔 쉬쉬 한다고 하더니 차츰 달라지다 그간 설움에 복받쳤던 옥선 어멍은 친한 해녀 몇 명을 데리고 기어이 작은댁으로 가서 큰소리를 치고는 작은댁 세간살이까지 개 박살을 내어버렸다.

"그 잘난 아들놈은 나 돈으로 잘 살지."

"허난 더 잘난 나 뚤은 일본 강 부자되서."

"그놈하고는 비교도 안되주게."

"앞으론 내 앞에서 까불 생각 마라!"

아들 하나 못 낳았다는 이유로 평생을 서방에게 외면 받고 작은댁의 기세등등한 노릇을 참아야만 했던 지난 시절에 대한 분풀이를 제대로 한 셈이다. 옥선 어멍의 마음속은 그때까지는 좋았다. 자랑하는 순간은 속이 풀리며 화병도 다 나은 듯했다.

집으로 와 바로 딸과 사위의 결혼식 삼일잔치를 열었고 옥선이 금의환향했다며 동네방네 자랑질을 해댔다. 해방된 지 얼마 되지 않아 미 군정이니 뭐니 하며 흉흉한 시절에 마을 사람들이 다 알게 결혼 삼일잔치를!

하지만 살림이 개 박살 난 작은댁과 그 아들놈이 가만히 있었을 리 만무했다. 분을 못 이겨 앙심을 품고는 옥선 어멍을 경찰에 신고했고 그곳 모리배들에게 옥선이 일본에서 가져온 돈 이야기를 흘렸다.

그리고는 삼일잔치 마지막 날 들이닥친 경찰로 잔칫집은 난리판이 되고 새서방 정우도 끌려가 모진 고초를 당했다. 옥선은 어쩔 수 없이 피눈물을 삼키며 숨겨온 돈 전부와 패물 뭉치를 고스란히 갖다 바치고는 만신창이로 풀려난 정우와 함께 딸 순자를 데리고 떠났다.

일을 이 지경까지 몰고 간 어멍에 대한 지울 수 없는 원망만 남긴 채 다신 오지 않겠다는 편지 한 장 없이 갈 거처지도 말하지 않고 만신창이가 된 서방과 순자만 데리고 야반도주하듯 친정을 떠났다. 이후로 동평에서 옥선과 정우가 어디로 갔는지 아무도 아는 사람이 없다.

한길 건너 다 안다는 제주에서 이런 일이 가능했던 건 정우가 조실부모했다는 말에 어멍이며 마을 사람들이 더는 본향이며 과거지사를 묻지 않았기에 가능했으리라.

친정 반대쪽인 정우 본향으로 숨어들 듯 들어간 옥선은 일본에 있었다는 말은 물론 그동안 어찌 살았다는 말 한마디 없이 입을 꾹 다문 채 다시 살림을 시작했다.

자신들의 지난 시간이 알려질까 두려워졌던 옥선과 정

우는 길이 아닌 오름과 곶자왈을 헤치며 인적 드문 쪽으로 길을 만들며 서동으로 왔다. 그 덕에 안전하게 도착하긴 했지만, 경찰에 잡혀 매타작에 골병이 났던 정우의 몸은 완전히 망가져 서동에 도착했을 때는 거의 산송장이나 다름없었다.

도착해서는 한참을 시름시름 앓은 정우는 달이 지나고 다시 달이 바뀔 때쯤에서야 겨우 정신을 차렸지만, 그 옛날 인력거를 끌던 돌 같은 사내가 아닌 퀭한 눈을 한 다리병신이 되어 이부자리만 겨우 벗어나 앉았다.

'내 팔자야! 똘은 어멍 팔자 닮는다더니….'

'고생은 옛날 일만 된 줄 알았더니 휴우.'

툇마루에 앉아 멍하니 있는 정우를 보던 옥선의 가슴은 말이 아니었다.

'내가 뭐하러 그 집구석엔 다시 돌아가선 이런 동티를 냈나!'

싫어서 떠나온 친정이었지만 그래도 그립기만 하던 친정을 찾은 자신을 쥐어박는 옥선의 가슴은 한없이 무너지고 서방이 저린 된 게 다 자기 탓인 것만 같아 정우의 한숨을 외면한 채 다시 삶의 바당으로 들어갔다.

'그래, 우리에겐 순자가 있지!'

'탓만 하고 있을 순 어서.'

굳게 다짐한 옥선은 딸 옥선에서 순자 어멍으로 돌아갔다. 딸 옥선이고 싶었던 자신을 다시 동여맸다.

그럼에도 알고 있었다. 자신의 어리기만 했던 마음을, 차갑고 무조건 바라기만 한 어머니에게 잘난 자신을 보이고 싶었던 자신을 비통하게 뒤늦게 책망한다.

자랑하고 싶었던 거다. 일본에서 해낸 걸 어머니에게 보이고 살갑게 쓰다듬어지고 싶었고 아방 작은댁에 가서 어멍이 한 것처럼 광질도 하고 싶었다.

남동생이기도 한 그놈에게도 한 방 먹이고도 싶었던 자신의 속내를 알고 어멍이 대신 해준 것뿐이란 것을 옥선은 너무나도 잘 알고 있었고 그 대가가 얼마나 참담한지도 두 눈으로 똑똑히 보며 처절함을 느낀다.

정우를 이리 만든 건 자신의 화기라고 결론을 내린다. 아무것도 남지 않은 빈손인 된 옥선은 다시 순자 어멍으로 돌아오고 있다.

끔찍이도 싫어 일본에서 올 때도 물질할 때 쓰던 '호맹이'며 '물옷'을 다 던져버리고 싶었지만 혹시나 하는 염려로 짐 보따리 한 귀퉁이에 담아 온 걸 다시 끄집어냈고, 그렇게 그 싫었던 물질을 하기로 했다지만 하고 싶다고 다 할 수 있는 물질은 아니다.

정우가 바닷가 사람도 아니고 중산간 웃뜨르 며느리인 옥선을 바닷가 마을 해녀들이 자신들의 생명줄인 바당 밭에 들이려 하지 않으려 한다는 것쯤은 해녀였던 순자 어멍이 모를 리 없다.

해녀 사이의 규율이 얼마나 센지, 군대 규율만큼이나 빡빡하다는 것을 잘 아는 옥선은 그들에게 사정하고 매달리는 거 말곤 방법이 없다는 것도 안다. 그것마저도 통하기만 한다면 대단한 기적이지만!

물질하기로 마음 먹은 그 날부터 옥선은 매일 바당 밭을 찾아 해녀들이 물에서 나올 때쯤 우영에서 캔 지슬이며 감저를 한 바구니 삶아 물질에서 나온 허기진 해녀들을 먹였다.

미리 가서 불 턱에 불도 피우고 구석구석을 청소도 하면서 물질의 '물'자도 말하지 않고 벙어리인 양 물질에 지친 그들을 먹이고 돌보는 데만 열중하기를 한 달여, 마을 해녀 상군이자 대장 해녀인 '복덕'의 부름을 받는다.

"고라보라."

"뭔 사연으로 이리 정성을 들이멘?

"하루 이틀도 아니고 달이 넘도록 이추룩 했으면 말은 들어 봐사주. 고라보라~"

대장 해녀 복덕의 우악스럽지만 낯설지 않은 거친 말투에 순자 어멍은 왈칵 눈물을 쏟았고 순자 어멍의 눈물 바람에 복덕은 당황한다.

"뭐 하는 눈물 바람이라?"

"울지만 말고 말을 고라 보라"

복덕은 사정 이야기를 듣는 대신 순자 어멍 등만 쓰다듬는다.

"아이구야, 사연이 많은거 닮은게!"

"어떵할꺼마씸~"

"우리 제줏것들 치고 사연 없는 어멍이 어디 이서~"

"그만 웁써."

"그러다 힘 떨어지면 집에는 어떵 가고, 아이들 밥은 뭔 힘으로 해먹일거라게?"

불 턱에서 같이 불을 쬐던 다른 해녀들도 순자 어멍의 앞, 뒤 없는 눈물 바람에 난리가 난 듯 와랑와랑 말한다.

"알안, 지난 일은 묻지 않을크라."

"…그럼, 한번 해 보던가"

복덕은 옥선의 해녀 일을 허락한다. 옥선은 멍하니 복덕을 보고 복덕은 옥선을 보고 웃었다.

그 사이 바다는 붉게 물들고 태어나서 본 저녁노을 중 가장 불타던 그 노을진 바다를 옥선은 죽는 날까지도 잊지 못할 것 같다.

다음날 바로 물질할 채비를 하고 다시 바다를 찾은 옥선에게 복덕은 아무 말이 없다. 다른 해녀들도 인사만 나누지 별다른 말을 하지 않는다. 복덕이 물질하기 전 옥선에게 '알아서 하고 가라.'는 말을 하기만 할 뿐….

사연은 아예 묻기를 접은 복덕은 입을 꾹 다문 옥선이 어찌하는지만 보기로 한 것이다. 바로 물질을 시작한 옥선은 누가 뭐라는 이가 없는데도 물질해온 물건의 반을 그날부터 바친다.

그것도 실한 것만 골라서 그리 반을 말이다. 첫날부터 그러하더니 둘째 날도 그러하다. 달이 넘도록 행실은 같았고 해가 넘게 똑같다.

그사이 순자 아방은 몸을 움직거렸고 절던 다리도 많이

펴지며 어릴 적 친구였던 동민 아방 전분공장에서 일하며 수입도 생긴다.

옥선에게도 다시 봄이 오는 듯하다.

06. 부아가 일다

"갈 사람은 모두 고릅써."

동민 아방은 전분을 도매상에 넘기러 제주시 관덕정 근처에 갔다가 관덕정에서 삼일절 행사를 크게 한다는 소식을 듣고 기세 좋게 함께 갈 사람을 모은다.

제주시에서 보리농사를 짓던 친구 놈이 수확한 보리를 죄다 빼앗기는 것도 모자라 몹쓸 일까지 당했고 최근에는 경찰의 부당함에 덤비다 실종된 친구까지 생겼다는 소식에 자신에게도 닥치던 공출 압박이 더 크게 느껴졌다. 그럴수록 제주시에서 열리는 삼일절 집회 행렬에 기필코 참여하기로 단단히 마음을 먹었다.

하지만 당시 경무부장이던 조병옥이 행렬을 허락지 않는다는 소식에 함께 가기로 한 대부분이 가지 않겠다고 연락을 해왔다.

욱하며 부아가 치밀며 참고 쌓인 감정이 한꺼번에 터지

면서 절친 창수 아방과 영숙 아방을 불러 진탕 술을 마셨고, 내일 꼭 함께 관덕정으로 가자는 약조를 받아내곤 제일 친한 친구 순자 아방 집으로 길을 옮긴다.

"야~ 정우 놈 뭐하메."

대문으로 걸어놓은 정낭을 발로 툭 차며 순자네 마당으로 들어선 동민 아방은 생전 부리지도 않던 술주정을 부린다. 집이라 해봤자 다 쓰러져가는 초가집은 작은 툇마루가 달린 방문이 마당 입구에서도 훤히 보이는 일자 구조라 정우는 친구의 방문을 금세 알아차리곤 방문을 활짝 연다.

"무사? 술 마션? 술 마셨시믄 집에 강 자라게. 여긴 무사 와그네 술쿠세를 부렴시니?"

순둥순둥 말을 뱉는 정우 무릎에는 순자가 앉아 있다.

"아이고, 동민 아방 뭔 일이꽈?"

부엌에서 설거지를 하던 순자 어멍이 놀라 앞치마에 손을 닦으며 뛰쳐나온다.

물질하느라 얼굴은 까매졌으나 그래도 수입도 늘고 서방인 순자 아방도 살살 움직거리며 동민 아방 전분공장에서 일도 하게 되면서 화색이 볼 그렇게 피고 있다.

"아아, 아주망 나, 와수다."

"여기 막걸리랑 안줏거리 사와시난 한상 차려줍써!"

비틀거리며 몸도 못 가누던 동민 아방은 그 정신에도 인사는 챙긴다.

"여기 마씸."

한 손에 쥐어져 있던 종이봉투를 툇마루에 '툭' 던지더니 허락도 없이 그 옆에 '턱' 하니 걸터앉는다.

"여기가 어디렌 술쿠세 햄시니?"

여태 보지 못한 모습을 보이는 동민 아방에 어이가 없다. 잘 밤에 무례하게 온 친구지만 들은 말도 있어 참기로 한다.

더구나 모시는 사장님이기도 한 동민 아방이라 편한 친구 사이로만 대하며 허물없이 쫓아낼 수도 없는 노릇이다. 불편한 다리를 끌고 올리며 툇마루로 나오며 무릎에 있던 순자를 방으로 밀어 넣고 문을 받는다.

"아방 한잔 할꺼! 그러니 넌 어서 자라게"

순자에게 찡긋 눈인사를 하고 각시를 부른다.

"어이, 순자 어멍아 여기 와보라~"

인사만 하고 다시 들어간 부엌에서 얼굴만 빼꼼히 내보

이며 상황을 주시하고 있던 옥선은 서방의 부름을 받자 한달음에 나온다. 서방 친구인 데다 서방이 일하는 곳 사장님이기도 한 동민 아버지의 행태가 옥선도 마음에 들진 않지만 밉보이면 안 될 것 같아 전전긍긍하던 차였다.

"무사마씸?"

자신의 말에 걱정으로 얼룩진 상기된 표정으로 달려온 각시를 보며 무충하게 말을 건넨다.

"저기 뭐 사온 거 담다. 돼지고기 근이라도 끊어 온 거 닮은디, 다글다글 볶아 내오고 술 상하게 상 좀 챙겨주라."

서방의 정스럼에 순하게 답한다.

"알안마씸."

재빠르고 둔덕진 데가 없는 옥선은 재빨리 상을 차린다. 상에는 특기인 감저 김치와 감저 짠지가 놓이고 나물 접시도 다소곳이 얹혀 있다. 소반 끝에 단정하게 놓인 수저는 보기만 해도 대접받는 기분이 들게 한다.

솜씨 좋은 순자 어멍은 가진 거 먹을 거 없는 살림에도 집 텃밭, 우영에 심은 감저로 김치며 짠지를 맛깔스럽게 담곤 한다. 없는 살림에 궁여지책으로 만든 거긴 하지만 솜씨 좋은 손끝에 별미가 된 감저 김치며 짠지다.

64

"곱닥허게 차린 거 보라게."

"우리 동민 어멍은 얼굴만 곱닥허지, 이런 건 아무렇게나 '턱' 하고 없는데…."

동민 아방은 술기운 때문인지 각시와 친구 각시를 비교하며 구시렁거리고, 정우는 못 들은 척 막걸리를 권한다.

"어엉, 한잔 받으라게."

상을 놓고 돌아서는 순자 어멍 뒤태를 다 풀려버린 눈으로 쳐다보는 친구를 한심스럽게 보고는 술잔이 넘쳐라, 막걸리를 따른다.

"이거만 마셩가라. 아니면 아주망 부르켜."

더 놔뒀다간 실수할 수도 있겠다 여긴 정우는 정신도 못 차리는 친구를 재촉한다. 다리만 멀쩡했어도 달랑 업고가 집에 던져 놓고 왔겠지만, 다리가 많이 펴진 지금도 예전처럼 똑바로 걷는 건 무리인지라 말로나마 다그칠 뿐이다.

"이녁은 방에 가서 순자나 재웁써."

동민 아방이 들으라 부엌까지 들리게 크게 말을 하며 안주를 가져오겠단 말을 하고는 부엌으로 간다. 돼지고기 달달 볶은 꼬신네가 그득하다. 접시에 고기를 막 담던 옥선은 갑자기 부엌으로 들어온 서방을 보곤 놀라 눈만 끔벅

거린다.

정우가 막 담은 고기 접시를 낚아채며 말한다.

"이녁은 확 나강 동민이 어멍 데령 옵써."

"저놈 곧 있으면 뻗을 건데 내가 데려다주지도 못허곡 경헌다고 이녁이 헐 수도 어서."

"남은 방이라도 있으면 재워라도 주겠다만…."

옥선은 서방 말이 길어지자 부엌 뒷문으로 살짝 나가 재빠른 달음박질을 한다.

"네, 뭔 말인지 알안마씸, 학 다녀오쿠다."

걸어가기엔 꽤 먼 길을 빠른 속도로 금세 달려간 옥선은 동민 어멍을 부른다.

"자멘? 순자 어멍이여."

안 거리에서 동민네가 살고 밖 거리에 동민 할망과 하르방이 살기에 옥선은 숨죽인 듯 조용하다. 하지만 제주시 간 서방이 밤이 깊어, 좀 있으면 내일이 될 시각까지도 오직 않아 잠은커녕 걱정에 몸이 달아 있던 동민 어멍은 기다렸다는 듯 방문을 연다.

"'털컥' 무사? 우리 아방 거기 이서마씸?"

얼마나 걱정을 하고 있었던지 눈치가 번갯불이다. 그러

지 않아도 큰 눈은 튀어나올 정도로 뜨고, 화들짝 열어 재
낀 문짝을 꽉 잡은 모양은 바로 방에서 튀어나오게 생겼
다. 도리어 소식을 알리로 온 옥선은 동민 어멍의 반응에
움찔하며 뒷걸음을 친다.

"… 기여. 순자 아방이 동민 어멍 부르라 햄수다."

옥선의 말이 채 끝나기도 전에 이미 신발을 발에 끼우던
동민 어멍은 냅다 뛰기 시작한다. 하얀 얼굴에 인물로는
근처에서 제일인 동민 어멍은 얼굴 모양새와는 달리 보통
씩씩한 게 아니다. 몸이 빠르기도 하지만 어쩌나 힘이 좋
던지 웬만한 장정 몫의 힘쓰는 일은 거뜬히 해낼 정도라
호리호리한 동민 아방은 한 손으로도 거뜬히 들고도 남을
터이다.

번갯불인 듯 한달음에 달려온 동민 어멍은 툇마루 술상
에 코를 처박고 있는 서방을 보고는 기가 차 말이 나오지
않는다. 생전 보도 못 한 꼴의 서방 몰골에 부아가 치민 동
민 어멍은 왁왁대는 성질을 못 이기고 서방 등짝에서 '쩍'
소리가 나게 하며 서방을 깨워보려 한다.

"동민 아방, 뭐햄서? 이거 뭐허는 지껄이라."

"학 걸읍써. 어멍이 이녁 종아리 때리잰 기다렴수다."

동민 어멍은 없는 소리까지 하며 서방을 일으키려 하지만 술에 떡이 된 동민 아방 심장은 어찌 된 모양이다.

"내불라게, 친구가 죽었는지 살았는지도 몰라신디. 장 다 치르고서야 죽은 줄 안 이런 놈이 살앙 뭐 할꺼라! 나도 학 죽어불키여."

평소 같으면 고분고분 말도 잘 듣고 '우리 각시 우리 곱닥한 각시'라 하며 시키는 대로 잘하던 동민 아방은 이미 술에 취해 다른 사람이 된 듯하다.

전후 사정을 이미 알고 있던 동민 어멍은 서방이 하는 짓이 이해가 되고도 남았지만 그렇다고 남의 집에 이렇게 그냥 둘 수도 없고해서 어쩔 수 없이 서방 몸을 억지로 일으켜 세워 혼자서 둘러업고 달리기 시작한다.

뒤에 업힌 동민 아방은 울렁이는 속을 주체하지 못하고 각시 등에 오늘 내도록 먹은 막걸리며 안줏거리를 다 쏟아낸다.

구질구질한 것들이 스멀거리며 느껴졌지만 그렇다고 멈춰 그걸 정리할 수 없던 동민 어멍은 일단은 집에 데리고 가서 보잔 마음에 칙칙함은 신경도 쓰이지 않는 듯 냅다 달리기만 한다.

"이놈의 서방, 집에 강 보게마씀. 낼 깨민 가만 안두켜."

등이 시큼하게 범벅이 되든 말든 그냥 달리던 동민 어멍은 인사불성 상태인 서방이 들으라, 소리를 질러댄다. 하지만 그런 충격을 받고도 이리 멀쩡히 살아온 서방의 체온을 느끼며 가슴 내려앉게 안심한다.

전분공장을 같이 운영하다시피 하는 동민 어멍은 발이 넓고 소식통이 밝아 서동에 앉아서도 제주시 소식이며 요즘 돌아가는 세상일을 동민 아방보다도 더 잘 알고 있다.

그렇지 않아도 동민 아방의 친구가 보리 수매 때 대들다 찍힌 이후, 툭하면 경찰과 계속 부딪치던 서방이 얼마 전 친구가 행방불명이 되었던 이야기와 그 친구가 시체가 되어 돌아왔다는 소식을 이미 듣곤, 오늘 제주시 가면 분명 그 소식을 듣고 난리가 날 거라 예상하던 차였다.

평소에는 순한 서방도 감정에 휩쓸릴 때면 물불을 가리지 않는 성격인 걸 너무 잘 아는 동민 어멍이었다. 혹시나 부아가 난 서방이 정신줄을 놓고 난리를 치다 경찰 놈들에게 붙잡혀 친구 처럼 그리될까, 피가 마르던 차에 순자 어멍이 동민 아방 소식을 알려 준 거라 기쁜 나머지 한달음에 달려간 것이었다.

생각해보면 술에 취해 인사불성된 서방이지만 살아온
게 기특하고 고마웠다.

"살아 와쳥 고마워 마씨."

그 말을 뛰는 내도록 마음으로 하고 또 했다.

07. 난리 전 행복

"으구, 머리가 깨질 것 담다. 각시야, 여기 꿀물 좀 조봐
~"

방에서 일어나지도 못하던 동민 아방은 누운 채 몸을 끌
며 방문을 연다. 동민 어멍은 이른 아침 마당에 빨래를 널
고 있다. 밤새 빨래를 한 모양이다. 서방이 토한 이유도 있
었지만, 걱정과 기쁨에 겨워 동민 어멍은 잠을 이룰 수 없
었다.

"양, 일어나봅써."

거친 말 품새완 달리 서방을 힐끔 보는 동민 어멍의 눈
흘김엔 정이 뚝뚝 떨어진다.

"여기 이수다~"

귀한 꿀 한 병을 얻어 놓고 시부모님은 물론, 물고 빠는
아들 동민에게도 주지 않고 숨겨 놓고는 서방이 술이라도
먹고 온 다음 날에나 꿀물을 타던 동민 어멍은 오늘도 여

지없이 그 귀한 꿀물을 탄다.

"먹고 뒤지든가."

평소보다도 더 진하게 탄 꿀물을 서방 앞에 던지듯 툭 놓고는 퉁명스러운 말을 기어이 하며 전분공장으로 나간다.

"경허민, 이거 먹엉 나갔다 오키어."

게슴츠레한 눈에 부스스한 머리를 까치집처럼 얹은 동민 아방은 툴툴거리며 집을 나가는 각시 눈치를 보느라 여념이 없다. 각시가 멀어짐에도 동민 아방의 엉강은 끝나지 않고 도리어 좀 전보다 더 큰 목청으로 밖 거리까지 간 각시를 향해 소리친다.

밖 거리에 계시는 부모님이 아들 주책에 달려올 건 생각도 않는 모양이다.

"올 땐 고기 상 오마이~"

동민 아방의 짓궂음에 밖거리에 계시는 시부모님 눈치가 보였던 동민 어멍은 고개를 획 돌리며 조용히 하라고 손가락으로 신호를 보내고는 다시 걸음을 재촉한다.

째려보면서도 할 건 다 해주는 각시의 너른 등짝이 사랑스럽기만 하고. 자신의 진한 애정공세에 반응하는 것이 신나 기어이 마지막 말을 뱉고서야 문을 닫는다.

"목욕행 서방 기다리고 이서. 허허 오늘은 꼭 늦지 않게
들어올거난!"

오늘은 삼일절 행사가 있는 당일이다. 동민 아방은 기어
이 삼일절 행사에 참여할 작정이다. 술병이 나, 속이 다 뒤
집히긴 했지만 그래도 행렬이라도 참석하고 목소리라도
내야 속병이 나을 듯했고 그런 연유로 아침 일찍 정우네
로 향한다.

"나, 완."

순자네 집 앞까지 트럭을 끌고 간 동민 아방 어제 일이
민망했는지 주춤거리며 친구를 부르고 정우는 대답 대신
꽃단장한 순자를 안고 방문을 연다. 치장한 옥선이 그 뒤
를 따른다.

정우는 새벽 댓바람부터 옥선과 딸에게 차림을 하라 다
그쳤다.

"이게 젤로 곱닥해!"

옷장까지 뒤지며 직접 골라줬다. 정우가 골라준 옥선의
옷은 연분홍 저고리에 남색 치마다.

"이거 들민 딱이네!"

정우가 농 위에 올려 둔 상자를 꺼내 뚜껑을 열어 하얀 가방을 꺼냈다. 농 위에 올려만 두고 건들지도 못하던 상자를 서방이 열고 하얀 가방을 꺼내자 옥선은 울컥 눈시울이 젖는다. 이걸 주던 그때의 어멍이 생각난 것이다.

야반도주하기 전 날 어멍이 옥선을 불렀다.

"미안허다. 해준 것도 어시, 니 신세를 반토막 내놘!"

생전 사과 한마디 한 적 없던 어멍은 처음으로 미안하다는 말을 하며 상자 하나를 건넸다.

"신행갈 때 쓰라고 장만했는데…. 지금이라도 받으라."

똘, 옥선이 야반도주를 할 줄 알았는지 딱 그날 밤 그걸 준 어멍은 먼저들 자라는 말을 하고는 친구 수영 삼춘네 가서 자고 오겠다며 그길로 집을 나갔고 그건 옥선이 본 어멍의 마지막 모습이다.

어멍이 나간 방에서 상자를 열고 옥선은 얼마나 울었던가! 하얗고 고운 작은 신식 가방은 하얗고 보들보들한 종이에 싸여 있었다.

혼자 남은 어멍 방에서 보드란 종이가 다 젖어 들 때까지 소리도 못 내는 울음을 울고 또 울었다. 도망치며 서동까지 오는 동안에도 그 가방만큼은 절대 놓치지 않고 꼭 꼭 싸매 여기까지 가져왔다. 아무리 어려워도 지키고 지키던 가방은 어멍이었고 그렇게 옥선의 본향이 되어 있었다.

"뭐 햄시니! 어서 이 옷 입고 여기 곱닥한 가방 들어보라게."

순이 아방의 들떠 채근 거리는 소리에 옥선은 지난 시간에서 나와 지금의 정우를 본다. 각시를 예쁘게 단장시키고 이제 똘을 챙기는 정우는 아방이 아니라 신이 난 아이 같다.

"순자야 이제 일어나라. 아방이랑 일본에서 먹던 양과자 먹으러 가게!"

"으음, 우리 순자는 이거 입게."

들뜬 정우는 똘이 입을 옷으로 노란 윗도리에 하얀 치마를 고른다. 노란 윗도리엔 동그란 하얀 깃이 달려 치마와 한 벌처럼 보이고 옥선이 든 하얀 가방과도 짝처럼 잘 어울린다, 차려입은 옥선과 순자가 나란히 서자 한 폭의 그림 모양 예쁘다.

"와, 우리 각시하고 똘이 이리 곱닥해나시냐?!"

옥선은 동평에서 서방이 죽을 만큼의 고초를 당한 이후로는 낯선 곳에 가는 게 겁나고 무서웠지만, 정우가 아이처럼 너무 좋아하자 그걸로 됐다 마음을 다잡는다.

그리 누가봐도 나들이 복장으로 차려입은 딸과 각시를 거느린 친구를 어이없이 보던 동민 아방은 자기도 모르게 큰 소리를 친다.

"뭐라??"

딱 봐도 식구들을 다 데리고 갈 모양이다.

"아주망이랑 순자도 갈꺼라? 트럭이라 힘들꺼 닮은디…?"

어제 한 일도 있고 해서 딱 잘라 안 된다고는 말도 못 하고 주저거릴 때 정우가 선수를 친다.

"서동에 와서 밖에 나가보지도 못핸. 이참에 똘이랑 각시 제주시 구경이나 시켜 주카핸. 괜찮지?"

너무 태연하게 말하는 친구를 보던 동민 아방은 거절할 말을 찾지 못하고

"어, 어 그래 우리 순자 제주시 구경, 시켜야지 암, 삼춘이 그건 해사주. 경허고 말고…."

얼떨결에 대답은 했지만, 난처한 듯 뒤에 세워진 트럭 안을 살핀다.

'어디 태우지? 아주망이나 순자를 뒤에 태울 수도 없

고…. 가다 시커면 놈들을 한참 태워야 하는데…. 어쩐담 그럼 나도 뒤에 타야 하나?'

대답은 해놓고도 감당하지 못하며 고민에 쌓인 친구를 보던 순자 아방은 키득거린다.

"무슨 걱정을 그추룩 햄서? 하하."

"어차피 운전은 너가 할 거 아니냐?"

"난 너 옆에 타면 되곡, 순자 어멍은 순자 안앙 내 옆에 딱 붙어 가면 되주게."

"비좁긴 허겠지만 이럴 때 아니면 각시 코에 바람 쐴 날도 어실꺼 닮은디. 좀 봐주라게. 어제 너가 한 일도 이신디 ~"

친구가 없던 엉강까지 부리며 어제 일까지 툭 건들자 동민 아방도 도저히 거절할 수가 없어

"알안, 아주망 힘들까 봐 그러지게."

마지막으로, 걱정하는 척 해결책인 양 또 한마디 던진 동민 아방은 이젠 정말 완전 포기상태다. 가족이랑 제주시 나들이 한번 가보겠다고 미리 옷까지 챙겨 입힌 친구를 뭐라 거절할 수도 없긴 하다. 이미 결과 난 툴툴거림이었다.

"너가 몸을 접던가 알앙 허라."

동민 아방은 이왕 이리된 거 그냥 그리 가보자 싶다.

'어찌 되겠지~ 설마 저놈이 제 뚤이랑 각시를 깔아뭉개
진 않을테주!'라 마음을 정한다.

어제 제주시 살던 친구 놈 죽음을 알게 되면서 주변에
민폐라도 줄까 하는 걱정에 아들 죽음을 쉬쉬하며 장사지
낸 친구 부모님의 통한을 보며 눈이 뒤집혔다. 그 통에 막
걸리 통에 빠지긴 했고 각시 등에 업혀 집으로 가긴 했지
만, 머릿속은 멀쩡했다.

취하지도 않았지만 슬픔을 잊으려 괜한 헛소리를 한 것
도 똑똑히 기억하고 있다. 그래서 새벽같이 일어나 전분공
장으로 가 트럭에 실려 있던 전분 포대 자루를 다 내리고
친구들과 제주시로 갈 수 있게 꼼꼼히 챙기고 나서 아침
일찍 여기로 온 것이다. 각시 등에 업히기 전 순자 아방에
게 미리 약조까지 받아 놓았기에 제주시 가자는 말을 하
고 또 했다.

"낼 나랑 제주시 가게. 나랑 꼭 제주시 가게. 알안!"

하지만 그때 분명히 친구인 정우 보고 가자고 한 거였지
순자네 전부와 가잔 말은 아니었지만 어쩌겠는가!

트럭 앞 좌석 양쪽 차 문을 활짝 열고 안에 있는 짐을 죄다 꺼내 순자네 툇마루로 옮긴다. 조금이라도 자리를 넓혀야 순자네가 편히 앉을 수 있기 때문이다.

잔정이 누구보다 많은 동민 아방은 좀 전까지 그리 툴툴대던 사람 맞나 싶을 정도로 지극 정성이다.

'으음 이 정도면 대충 되겠네!'

스스로 자신이 한 일을 흐뭇해하자 다시 기세가 오른다. 화투며 윷놀이 등 다른 헛짓거리는 하지 않는 편이나, 어디 가서도 말로는 기세를 살려야만 직성이 풀리는 동민 아방의 목에는 다시 힘이 들어간다.

"순자 아방, 마루에 둔 것들, 고팡에라도 좀 넣어 놓으라게. 어서지믄 너한테 물랜허키어."

괜한 농을 마지막 심술인 양 던진 동민 아버지는 어린 순자를 부른다.

"우리 순자, 삼춘이랑 제주시 가게."

순자를 부른 동민 아방은 자신에게 다가온 순자를 덥석 안고는 트럭으로 간다.

"아주망 데령오라."

동민 아방은 뒤통수에 눈이 달린 듯 정우를 재촉한다.

운전석에는 동민 아방, 바로 옆 좁다란 좌석엔 덩치 큰 정우가 앉고 그 옆 너른 좌석엔 순자 어멍이 딸을 안고 앉는다.

순자는 큰 덩치를 접듯 웅크리며 좁은 중간자리에 앉은 아방 모습이 우스꽝스러웠는지 키득거린다.

"아방, 무사 경 쭈그리고 이서?"

딸이 자신을 보고 웃어 죽겠다고 하자 마음 너른 정우는 입까지 홀쭉하게 오므리곤 딸 순자 앞에서 재롱을 부린다.

"아방 귀여워? 어떵 영하민 더 귀여울껑가?"

각시도 봤다 딸도 봤다 하며 정우는 세상에서 제일 사랑하는 두 여자를 위한 재롱잔치를 벌인다. 어울리지 않게 요사떠는 친구가 눈꼴사나웠는지 운전하려 시동을 켜는 동민 아방은 갑자기 급출발하다, 바로 급정거를 한다. 그 통에 장난만 치던 정우는 앞으로 꼬꾸라지고 그걸 본 옥선은 '에구머니나' 소리를 지른다.

옥선은 한 손으론 순자를 감싸 안고 다른 한 손으론 옆에 있는 손잡이를 꽉 잡고 있어 괜찮았지만 남은 손이 없어 잡아주지도 못한 상태에서, 딱히 잡을 손잡이가 없는 중간자리에 앉은 정우가 무방비로 꼬꾸라지자 무척이나 놀란다. 다쳤을까 하는 걱정에 옥선은 황급히 딸과 손잡이도 내팽개치곤 정우를 일으킨다.

"괜찮아마씸?"

트럭이 있는데도 여태 부모님 눈치가 보여 아들 동민이와 각시를 태우고 나들이 한번 다녀보지 못한 동민 아방이었다. 자기 트럭도 아니면서 선 듯 딸과 각시를 데리고 나들이 가겠다고 하는 친구의 용기가 부럽기도 하고 약도 올라 장난을 친 건데 살가운 옥선이 정우를 극진히 챙기자 심술이 나면서 다시 또 장난을 친다.

"아주망 걱정맙써. 저놈은 이 정도론 끄떡도 없어 마씸. 얼마나 머리통이 단단한데~"

그러며, 고개를 들려는 정우 머리를 다시 찍어 누른다. 동민 아방의 우악스러운 장난에 옥선은 다시금 기겁하며 말한다.

"아이고, 무사 영 햄수가. 다쳐마씸."

"얼마나 귀한 서방인데 이러고 막 대햄수가."

놀란 옥선은 정우를 자기 쪽으로 안아 들며 동민 아방의 손을 쳐낸다.

옥선이 서방 친구이자, 서방이 다니는 전분공장 사장님

이기도 한 동민 아방에게 고개를 쳐든 건 이번이 첨이다. 그동안은 고개를 조아리며 절절매기만 했다.

서방을 따라 서동에 왔을 때부터 친구라고 자신들을 음으로 양으로 거들던 동민 아방이었고, 동민 어멍은 물론 동민 할망과 하르방에 어린 동민이까지 다 자신들에게 잘 해줘 옥선은 동민네에겐 무조건 비위를 맞추려 했었다.

하지만 사실 정우는 차가 덜컹거리며 중심을 잃고 꼬꾸라지긴 했지만, 다리를 절기 전까지 돌덩이라는 소리를 들을 만큼 단단했다.

죽다가 살아난 이후 만신창이가 되었었지만 타고난 강골인 데다 이미 많이 회복한 상태라 이젠 웬만한 장정보다 몸도 날래 별 탈이 없다. 단지 흔들림에 잠시 균형을 잃었을 뿐 친구의 말처럼 아무런 이상 없이 멀쩡하기만 하다. 그렇지만, 요란 뜨는 각시와 그걸 가지고 놀려먹는 친구를 놀리는 것에 내심 재미가 났다.

일부러 고개를 숙이고는 그들이 하는대로 이리 흔들 저리 흔들, 하며 몰래 순자와 눈을 맞추며 씨익 웃고 있다. 순자는 아방과 눈이 마주치자 아방이 장난친 걸 눈치 채고 재밌어 죽겠다며 소리 높여 웃는다.

"히히 하하 헤헤"

순자의 웃음소리가 점점 커지자 정색하고 있던 옥선과 장난치느라 출발할 생각도 하지 않던 동민 아방은 하는 짓을 멈추고 몸을 수구려 정우 얼굴을 본다.

"이 엉큼한 놈!"

눈치를 챈 동민 아방은 어제 먹은 막걸리가 다 깨듯 부아를 내는 척하며 눈을 실컷 흘기고서야 출발한다. 그래도 동민 아방의 표정에는 부러움이 잔뜩 서려 있다.

서동 젤 위 가장 가난한 순자네를 나온 트럭은 마을 안으로 들어가서 창수 아방과 영숙 아방을 태우고 서동을 빠져나온다.

트럭은 근처 마을을 들러 친구 두 놈을 더 태우고 새별 오름을 향하다 서쪽 해안으로 방향을 돌린다. 트럭을 서쪽 중산간을 둘러 구지, 해안 쪽으로 길을 잡은 건 친구들도 태워야 한다는 핑계로 순자와 옥선에게 바다 풍경을 즐기게 해줄 요량이다. 정우는 친구, 동민 아방의 마음을 눈치채곤 조용히 웃는다.

'고마운 놈이여'

둘러둘러 그렇게 가다 서고, 다시 가다 서고를 반복하며 태운 친구 놈이 열 명 남짓, 제주시로 들어가서 태운 친구 놈까지 합해 열댓 명이 트럭에 탔고 뱅뱅 돈 트럭은 완행 열차 같다.

앞좌석에 자리를 잡은 순자네 이후 창수 아방부터는 뒤 짐칸에 그냥 포대 자루 싣듯 탔지만 그래도 아직은 한창 때인 장정이라 그 정도 고생은 자존심상 기꺼이 자초하기는 했지만 실제로는 보통 일이 아니다.

포장도로보다 포장되지 않은 도로가 더 많고 포장된 도로라 할지라도 제대로 정비된 곳을 찾기 힘들 정도다. 처음에는 소풍 가는 모양 신이 나 떠들어 재끼더니 여태 '차'라는 건 손에 꼽히게만 타본 촌놈들은 제주시에 도착했을 때 토역질을 안 한 놈이 없고 마지막으로 제주시에서 탄 친구 놈은 이 광경을 보고 혀를 찬다.

"촌놈들! 시 구경 값 제대로 쳤네! 허 참."

"이놈의 궂은 차 안 타고 걸어갈꺼."

그렇게 제주시로 가는 길은 멀고도 멀었지만 그래도 어찌 어찌 트럭은 제주시 관덕정 근처까지 도착한다. 동민 아방은 이미 모인 많은 인파를 발견하고 더는 갈 수가 없음을 직감한다. 관덕정에서 좀 멀리 떨어진 서문통 쪽 공터에 트럭을 세운다.

"저기 제주북국민학교에서 삼일절 기념 제주도 대회가 열린다니, 그쪽으로 가면되마씸. 확들 내려오라게."

공터에 안전하게 주차하고 운전석에서 내린 동민 아방 마음은 급하다. 오로지 행사에 참석할 생각 말곤 아무것도 보이지 않는듯하다.

순한 인상에 호리호리한 체구 때문에 천상 순한 양반으로 보지만 하나에 꽂히면 급하기가 이를 데 없다. 다른 생각을 하며 주변을 두루두루 보는 건 오히려 무던해 보이는 정우다.

순자를 안고 불편한 다리를 펴며 천천히 내리던 정우는 서두르기만 하는 동민 아방을 보고는 고개를 절레절레 하면서도 익숙한 듯 쳐다본다.

지친 상태지만 뒷 칸 남자들처럼 엉망까지는 되지 않은 옥선이 옷차림을 다듬으며 차에서 내린다. 처음 온 낯선 곳에 사람까지 많아 불안함에 서방인 정우 뒷꼭지에 매달리듯 딱 붙지만, 순자는 차에서 내리자마자 아방에게 꼭 안기어 낯선 제주시 구경에 한창이다.

일본에서 제주로 오는 배 안에서는 그렇게나 멀미를 하

고 토역질을 하더니 제주시로 오는 나들이에선 순자가 가장 멀쩡하다. 오히려 오는 내내 풍경을 보며 환호하고 아방, 어멍이랑 장난까지 친다.

내리자마자 아방 품에 안긴 순자는 어젯밤 아방이 한 약속으로 들떠 있었다. 정우는 똘 기분이 좋은 걸 확인하고는 동민 아방을 챙긴다.

'저놈 또 정햄신게. 크크 하나 생각하면 딴 건 뵈지도 않는 저놈의 외골수!'

몽생이 모양 직진 말곤 할 줄 아는 게 없는 동민 아방을 달래는 건 항상 그랬듯이 정우의 몫이다.

"무사 경 급허멘? 여기까지 오느라 짐칸에 탄 놈들은 얼마나 엉덩짝에 불이 났을거라! 뱃속도 말이 아닐거여! 저기, 국밥집 가서 지친 속이라도 풀고 가게."

짐칸에서 내린 친구들은 마지막 속을 게워내며 씩씩거리고 그걸 정우는 가리키고 동민 아방은 본다. 동민 아방이 보기에도 정우 손끝에 보이는 친구들 몰골이 말이 아니자 좀 전까지 서두르기만 한 자신이 민망해진다.

"알안, 경 허게."

몸을 추스른 친구들은 국밥집으로 발걸음을 옮기고 장

정 열댓 명이 동민 아방과 순자를 안고 옥선 손을 꼭 잡은 정우를 중심으로 양 날개처럼 옆으로 쭉 펼쳐 걷는다. 그 모습에 지나는 사람들은 슬금슬금 옆으로 피해 가는데 꼭 '동민 아방 패거리' 같다.

그 기분에 잠시 주춤했던 기세가 오르자 동민 아방은 우쭐하며 식당 문을 왈칵 연다.

"여기 국밥 줍써."

오늘 한턱내기로 한 동민 아방이 시원스레 주문하고 자리를 잡자 이미 와 국밥을 말고 있는 청년들이 보인다. 인상 더러운 댓 명의 청년들은 기세 좋게 들이닥친 동민 아방 패거리를 보자 자기들끼리 수군대다 국밥을 서둘러 뜨고 는뭔가를 숨기듯 자리를 뜬다.

그들이 자리를 뜰 무렵 동민 아방 패거리들이 먹을 국밥이 상에 차려진다.

"삼춘, 저놈들은 누구마씸?"

좀 전에 나간 청년들이 궁금했던 동민 아방은 참지 못하고 기어이 식당 주인에게 묻는다. 눈빛이 사나운 게 큰일을 벌리고 다니는 놈들로 보인 탓도 있지만 궁금한 건 못 참는 천성 때문이다.

동민 아방 패거리에게 국밥을 다 내려놓곤 옆자리 빈 그
릇을 치우던 주인은 슬며시 가게 문을 열고 입구 쪽을 한
번 더 살피고 나서야 좀 전 그 청년들이 아직 근처에 있는
지 둘러본다.

　"아, 좀 전에 온 그놈들…."

　주인이 주변을 살피는 모양새나 숨죽여 말하는 말 품새
를 봐선 그놈들은 보통 놈들은 아니게 분명하다.

　그때 순자 아방은 국밥을 그놈들이 누군지 다 안다는 표
정으로 '툭' 던지듯 끼어든다.

　"그 모리배 마씸?!"

　다음 말을 주저하며 늦추던 주인은 순자 아방의 말에 눈
이 동그래진다.

　"어떵 알안? 올 일월에 일본에 사는 법양 사람이 자기네
고향에 보낸 물건까지도 쓱싹한 그 모리배 맞어마씸"

　말을 하면서도 주인은 그놈들 패거리가 혹시나 듣기라
도 할까 걱정이 되는 듯 작은 목소리로 연신 문 쪽을 살핀
다.

　"뭘 물으메? 그깟 놈들이 뭐라고!"

　"우리 순자, 국밥 먹자~"

동민 아방은 가게 주인의 말을 끊으며 정우 눈치를 살핀다. 그동안 말을 하진 않았지만, 정우가 서동으로 다시 돌아왔을 때의 처참한 몰골을 동민 아방은 잊을 수가 없었다. 다리까지 심하게 절며 뼈만 남은 꼴이 말이, 말이 아니었다.

도대체 어디서 뭘 하다 이리 기어왔는가? 싶을 정도였다. 자신이 정우라 말하지 않았다면 어릴 적 그리 죽고 못 살던 친구였는지도 알아보지 못할 뻔했다.

그렇게 흘러들어온 사내가 정우라는 걸 동민 아방에게 들자 마을 최고 어르신도 정우를 만나 서동에서의 예전 기억을 물었다. 그때 어릴 적 아방 어멍 기억을 소상히 묻고서야 그 정우라는 걸 확인하고 서동 정우 부모님 집에서 살게 허락했다.

하지만 순자 아방에게 서동을 떠나 다시 돌아올 때까지의 행적은 아무도 묻지 않았고 그걸 묻지 않는 게 어느새 서동의 불문율이 되었다.

좀 전 모리배라는 말을 내뱉는 순간의 친구 정우의 얼굴은 여태 본 적 없는 살벌함이다. 앞에 그자들이 다시 나타난다면 그 눈초리에 크게 분란이 날 만큼 섬뜩했다.

'이놈은 도대체 뭔 일을 겪은거라?'

친구 생각에 침울한 표정을 못 감추고 있자, 순자가 엉강을 부리며 말을 건다.

"삼춘, 그만 먹어도 되마씸?"

정우에게 눈을 꽂은 채 수저를 들고만 있건 팔을 순자가 당긴 건 깊이, 깊이 눌러 놓았던 정우에 대한 호기심이 들고 일어나 입으로 나오려 할 때였다.

"어, 어 왜? 어어 우리 순자 하영 먹고 쑥쑥 커야주. 속이 이상허냐?"

자기 아방도 아닌 아방 친구인 동민 아방에게 그만 먹어도 되냐고 묻는 순자의 엉강에 동민 아방은 웃으며 귀여워 죽겠다는 듯 안아 든다.

뚤,이 없는 동민 아방은 친구 뚤,인 순자의 말과 행동이 예쁘기만 하지만 뚤,의 갑작스런 행동에 깜짝 놀란 옥선은 순자를 자기 쪽으로 끌어당기며 동민 아방에게 고개를 숙인다.

"미안허우다."

남의 아방에게 뚤,이 엉강을 부리며 귀찮게 하자, 당황한 옥선은 연신 사과를 한다.

"오늘따라 우리 순자가 별나네?"

민망한 해 붉어진 옥선은 고개를 들지 못한다.

정우는 자기의 이상함을 눈치챈 동민 아방의 호기심을 흩트린 똘,의 엉강이 고마워, 순자를 채근하는 각시를 말리고 순자를 번쩍 안아 든다.

"우리 똘, 요 앞에서 아방이영 바람이나 건불리카?"

순자를 번쩍 안고 식당 문을 열자 짝이 잘 맞지 않아 털컥거리는 식당 문을 열어 놓은 채 앞에 놓인 나무 널빤지에 앉아 처가라고 혼사를 치르러 간 제주도 동쪽 끝 마을 동평에 간 그때를 정우는 기억한다. 갈 때까지는 좋았다!

조실부모한 덕에 장인 장모가 생긴다는 생각이 좋았고 똘,까지 낳아 살고는 있었지만 제대로 된 식도 못 올려 준 각시한테 갖고 있던 미안함을 이참에 들 수 있을 거란 기대 때문에 좋았다. 하지만 정작 현실은 정우가 꿈꾸던 분홍빛이 아니었다.

가시 아방이 이미 돌아가셨다는 소식을 들어야 했고 가시 아방과 술 한잔 함께 하는 즐거움을 누리려 했던 작은 꿈은 사라지고 대신 산소를 찾아 술을 올려 들여야 했다.

거기다 가시 어멍과 각시가 대판 싸우는 걸 봐야 했고

그걸 말리느라 사위가 오면 잡아준다는 씨암탉은 구경도 못 했다. 겨우 싸움을 뜯어말리고 혼사 이야기가 진행될 때는 돌아가신 가시 아방 작은댁으로 쳐들어가 난리를 치는 통에 그 뒤치다꺼리를 하느라 멀미가 날 정도였다.

그리 처가 집안 어른들에게 연신 고개를 숙였지만, 앙심을 품은 작은댁 아들인 하나밖에 없는 처남이 경찰에 고소하는 통에 모리배 무리에게 잡혀 고초란 고초는 다 당하고 정우도 모르게 옥선이 일본에서 가져온 거금을 송두리째 털렸다. 그때 일은 아무리 품 넓은 정우라 할지라도 끔찍할 만큼 몸서리 쳐지는 시간이었다.

좀 전 국밥집에서 나간 놈 중 한 놈이 평생 잊을 수 없던 그때 그놈이란 걸 정우는 뒤통수만 보고도 알아차렸다. 순간 섬뜩함에 그때 절게 된 다리가 그날처럼 고통스러워 꼼짝도 못 할 것만 같았다. 다행히 의자 옆에서 그놈을 본 거라 떨리는 손으로 의자를 빼고 어거정 의자에 걸터앉을 수 있었지만, 온몸은 진땀으로 젖었다.

'또 누굴 죽이려 여기까지 온 거?'

정우는 그 생각이 들면서 여기까지 순자와 옥선을 데리고 나온 지금을 후회하고 있었지만 그런 자신을 들키지 않으려 도리어 순자를 보며 웃는다.

"우리 똘 뭐하구정해?"

아방의 살가운 말에 눈치를 보던 순자도 함께 웃는다.

"아방, 저기 강, 사탕 한 알 사 줄 수 이서?"

제주시에 오기 전 딸과 각시에게 미리 약속한 것이 있었음에도 그때의 모리배를 보고는 지난 일에 빠져 정신 줄을 놓는 통에 똘,이 사탕 한 알 사 달라는 것까지 눈치 보며 조심스럽게 말하자 정우는 가슴이 미어진다.

다시 정신을 차려 과거 기억에서 벗어나려 정우는 목청을 키운다.

"두 알 사 주켜. 가게."

정우는 동민 아방을 통해 이미 알아 봐놓은 국밥집 건너편 양과자점으로 간다. 그곳에는 아이들이 좋아할 만한 사탕 구슬이며 과자가 쌓여 있다. 센베이와 화과자도 있다.

예전에 일본인이 하던 가게를 인수한 듯 가게 안엔 그때 흔적이 남은 모습에 정우는 순자 어멍이 된 그 옛날의 옥선이 기억난다.

일본에서 살 때 달에 한 번 쯤은 시간을 내어 옥선이 좋아하는 센베이며 화과자를 먹으로 다니곤 했다. 건실한 몸뚱이에 노력하면 둘이 충분히 먹을 만큼 수입을 올렸고 눈에 넣어도 아프지 않을 것 같은 각시와 이런 호사를 누릴 수 있다는 사실 만으로도 정우는 세상에서 제일 행복한 남자가 된 듯했다.

뚤, 순자가 태어나서면서 더 나아진 살림살이로 세 식구는 종종 이런 호사를 누렸고 순자 첫 생일날 비싼 가죽으로 구두를 지어 와 신겼다.

돌 때부터 이미 혼자서도 잘 걸어 다닐 만큼 발육이 좋던 뚤에게 꼭 신기고 싶어 지어온 빨간 가죽구두. 그때 기억이 너무 좋아 제주로 돌아올 때 작아서 못 신게 된 그 신을 기어이 보따리에 넣어왔다.

좀 전 그 모리배놈이 빼앗아 갔지만 말이다! 자신의 눈앞에서 손가락으로 신발을 돌리며 장난치던 생각이 떠오르자 정우의 몸이 다시금 떨린다.

과자를 고르다 말고 다시 굳어지는 아방의 얼굴에 심각해진 순자가 정우를 다시 깨운다.

"아방, 이제 가게."

"어, 우리 순자 다 골라시냐?"

순자 손에는 노란 사탕 한 알과 빨간 사탕 한 알이 쥐어져 있다.

겨우 사탕 두 알만 고르고 자신을 기다린 똘에게 미안한
나머지 정우는 서둘러 다른 과자도 고른다.

"우리 딴것도 사게. 우리 똘, 이것도 좋아해난거 기억남
시냐?"

센베이를 집어 순자에게 보인다. 순자는 말없이 고개만
끄덕인다.

일본에서의 기억이 아직 남아 있는 순자는 그때 먹었던
센베이를 보자 입에 침이 고였지만 눈치가 빤해 감히 사
달라고도 말할 수는 없다. 그때랑 지금이랑은 사정이 너무
달라졌다는 건 아무리 어린 순자라 할지라도 잘 알 수 있
기에 아방의 말에도 눈치만 볼 뿐이다.

그런 똘이 애처로운 정우는 다시 순자 아방으로 돌아가
똘의 맘을 읽는다.

"이거랑 화과자도 사게."

센베이 한 웅큼이랑 화과자 두 개를 고른 순자 아방은
주인장을 부른다.

"삼춘, 이거 얼마꽈?"

계산까지 다 끝난, 과자가 가득 담긴 종이봉투를 받아

든 순자는 한여름 활짝 핀 해바라기처럼, 눈이 없어지라 웃는다.

"어멍이랑 삼춘한테 가게!"

똘,을 다시 안고 국밥집으로 가자 입구에 순자 어멍이 서 있다. 옥선은 아무리 서방 친구들이라곤 하지만 열댓 명이 넘는 사내놈들 틈에서 밥숟가락을 든다 한들 그 밥이 목 구멍을 넘어갈 리 없었기에 순자 아방이 나가자 그 뒤를 은근슬쩍 따라 나와 멍하니 있다 뒤도 돌아보지 않고 과 자 파는 가게로 발걸음을 옮기던 서방의 힘 들어간 뒷모 습을 보았다.

순자 어멍도 사실은 그 모리배 놈을 단번에 알아봤다. 전 재산을 상납하며 제발 순자 아방만 살려달라며 빌고 또 빌던 자신을 내려보고는 음흉한 웃음을 짓던 그놈의 얼굴을 절대 잊을 수는 없다. 차마 서방에게도 말하지 못 한 옥선의 악몽 같은 시간이었고 그 기억 때문에 고문으 로 상한 몸을 회복하지도 못한 정우를 기어이 끌고 야반 도주를 했다. 그놈을 피하려….

"뭐, 그추룩 하영 산?"

멀리서 정우가 똘,을 안고 오는 걸 본 옥선은 아방에 안겨 웃음 가득한 똘이 든 종이봉투를 본다.

분명 센베이랑 화과자를 샀을 것이다. 함께 가지 않았지만, 옥선은 알 수 있다. 어제 잠자리에 든 정우가 자기 전까지 하고 또 한 말을 옥선이 잊을 리 없다.

"나, 낼 제주시 가면 꼭 센베이랑 화과자 사주켜. 이녁이 그걸 꼭꼭 씹는 걸 다시 보고프다!"

그랬다! 순자 아방은 제주시에서 각시와 똘,에게 그걸 꼭 다시 사주고 싶어, 몰래 돈까지 모았다. 우영에서 키운 감저를 전분공장 하는 동민 아방에게 팔기도 하고 마을 어르신들이나 아직 글을 깨우치지 못한 이들에게 편지 따위를 읽어주며 한푼 두푼 모으며 언제면 같이 시 나들이를 할까? 하는 생각으로 머리가 꽉 차 있었다.

그랬는데 기회가 생긴 것이다. 동민 아방이 시에 가자고 난리를 치며 죽은 친구 놈 원수를 갚아야 한다면서 거기 가서 같이 소리라도 질러주라 했고 그 말에 정우는 이때다 싶어 쾌히 그러겠다 했다. 그렇게 갑작스런 시 나들이가 성사되었다.

정우는 남의 흉사에 밥숟가락 얹는 것 같아 내키진 않았지만, 각시와 딸 생각에 그건 질끈 눈 감아 버리기로 했고 많은 남정네와 한 차를 타야 하는 불편함을 각시가 감내해야 함에도 충분한 가치가 있는 시간이 될 거라는 확신이 있었다.

남들이 보기엔 갑작스럽고 즉흥적으로 보일 행동이, 순자 아방 입장에선 치밀하게 준비한 결과였다. 옥선의 곁으로 온 정우는 약속을 지켰다는 마음에 의기양양 웃음을 던진다.

"이거 화과자~ 어서 입에 넣어보라. 저놈들이 달려들면 입에 넣어보지도 못허메!"

식당 밖에 나와 있는 옥선을 발견한 절뚝거리는 다리로 부리나케 가서 뚤이 들고 있는 종이봉투를 열어 화과자 하나를 꺼낸다. 빨간 예쁜 감 모양이다. 각시가 먹겠다, 대답도 하기 전에 정우는 얼른 옥선 입에 넣어 준다.

"맛 좋아?"

정우는 씹지도 않은 화과자 맛을 묻고 또 묻는다.

그때 식당 문이 열리고 친구들이 우르르 나온다.

모두들 배가 통통하다.

"야, 이 기운이면 오늘 경찰 몇 놈은 한 손으로도 때려잡겠네."

말로 하는 기세로는 아무도 따라올 사람 없는 동민 아방이 또 큰소리를 친다. 괜한 분란으로 각시와 똘,이 위험해질까 걱정된 정우는 동민 아방을 진정시킨다.

"경찰 때려잡을 생각은 말고 조심히 소리나 지르고 가게."

친구의 맘을 읽어버린 동민 아방은 씨익 웃으며 농담하듯 도 장난을 친다.

"경허카. 하하 알안, 아주망에 순자도 이신디 설마 내가 경허까!"

"덩치는 커도 겁은 많아 가지고 크크⋯."

동민 아방이 순자 아방을 놀리자 옆에 있는 다른 친구들도 한 마디씩 거들며 웃음꽃이 핀다. 올 때 멀미로 고생을 하긴 했지만, 다들 시에 와서 동민 아방이 사준 국밥까지 한그릇 해치우자 다들 기분이 좋다.

웃고 떠들던 와중에도 눈매 좋은 동민 아방은 순자가 든 종이봉투를 본다.

"그거 뭐? 하아, 이거 사주젠 데령 왔구나게!"

눈치 빠른 동민 아방은 제주시 다녀 올 때마다 화과자 파는 양과자점을 묻던 정우를 기억하곤 길 건너 양과자점을 보며 알겠다는 듯 고개를 끄덕인다.

"그럼 우리도 사 가야지! 우리도 각시랑 자식이서. 따라 오는 놈은 한 봉지씩 사주켜."

"순자야 너도 사주켜 삼춘 따라 오라."

동민 아방이 눈에 넣어도 아프지 않을 친구 똘,에게 눈까지 찡긋거리자 정우는 순자 생각을 묻는다.

"한 봉지 더 먹을꺼?"

친구 말이지만 정우는 별로 내키지 않았지만, 똘,의 어린 마음은 다를 수 있다는 생각에 순자 마음을 묻는다.

하지만 이것만으로도 이미 세상이 다 자기 것이 된 순자는 고개를 살래살래 흔든다.

"아방 난 이거이서~"

더는 과자 욕심을 내지 않는 대답에, 아방 마음을 안다고 여긴 순자 아방은 기분이 좋아 똘을 하늘로 치켜든다.

"그렇지! 우리 똘은 내가 사주는 과자만 먹지~ 이놈 저놈 사준다고 다 받아먹진 않지~"

정우는 동민 아방 쪽을 보며 들으라 소리친다. 똘, 순자의 맑 한마디에 정우는 좀 전까지 힘들었던 마음이 '싹' 사라진다.

앞장서서 걷던 동민 아방은 몸을 돌려 친구들에게 따라오라며 손짓을 하고, 친구들은 각시와 자식새끼가 환장할 양과자를 한 봉지씩이나 사준다는 말에 너나 할 것 없이 동민 아방을 따라 전부 양과자점으로 들어간다.

열댓 명의 사내들이 우르르 들어가자, 조그마한 양과자점은 터질 것 같다.

08. 환란의 징조

국밥으로 속을 채우고 센베이와 화과자로 마음을 채운 그들은 관덕정 옆에 있는 '제주북국민학교'로 걸음을 옮긴다. 관덕정으로 다가가자 아방에게 안긴 순자는 눈이 휘둥그래진다. 큰 기와집을 본 순자 눈에는 이곳이 궁궐 같아 보였고 그걸 본 순자의 표정이 굳어진다.

"어멍, 여기 임금님이 살아마씸?"

언제고 어멍이 읽어준 그림책 이야기에 나온 임금님이라는 글자를 기억해낸 순자는 이곳이 그곳일 거란, 상상에 빠지지만, 상상보다 더 큰 두려움이 몰려오고 어린 순자는 자신도 모르게 몸을 떤다.

서동에 온 첫날 얻은 동화책을 읽어주며 누가 들을세라 조용히 자기에게만 하던 어멍 말이 생각난다. 둘만 있을 때면 항상 순자는 어멍에게 다짐을 받고 또 받았다.

"일본에서 살았다는 거 골지마라 알안. 그러면 다시 아방 아플 수 이서. 그러니 꼭 명심허라 알안!"

어멍은 시간만 나면 그리 주문을 외우듯 다짐을 받으며 순자의 입을 막았다. 태어났을 때 발육이 좋아 걸음은 물론 말도 빨라 누구보다 수다쟁이였던 순자는 어멍의 다짐이 계속될수록 늦된 아이처럼 말도 줄고 친구들과 잘 어울리지도 못하는 순자가 되어갔다.

옥선도 그게 마음에 걸렸고 죄책감이 들긴 했으나 주문 같은 그 말은 멈춰지지 않았다. 의지로 멈춰질 말이 아니었다.

그러다보니 순자는 동화책 장면이 떠오를 때면 어멍의 그 다짐이 생각나며 동화책 보는 걸 싫어했고 동화책에 있는 그림과 비슷한 장면만 보아도 꼼짝 없이 귀를 막고 사시나무처럼 떠는 버릇이 생겼는데 여기서도 그런 증상이 나타난 것이다.

동화책에서 본 것과 너무도 똑같아 보이는 제주시 큰 기와집을 가까이서 본 순자는 엄마의 주문 같은 다짐이 계속 머리를 어지럽히자 표정까지 어두워지며 궁궐 같아 보이는 기와지붕을 보며 아방이 아플 수 있다고 한 어멍 말이 계속 생각난다.

순자는 아방이 사준 센베이를 빨아먹으면서도 아방이 아플 수 있다던 어멍의 말이 계속 맴돌자 트럭에서도 나지 않던 멀미를 느낀다. 속이 뒤틀려 안색까지 하얗게 변한다.

정우도 안고 있던 순자가 이상하다는 걸 느꼈지만 좀 전까지도 너무나 좋기만 했던 뚤이었기에 별일이 아니리라 여긴다. 구경을 더 하고 나면 다시 기분이 좋아질 거라며 구경꾼 속으로 더 깊이 들어간다. 기마병의 말을 본다면 뚤의 기분이 다시 좋아질 거란 기대로….

09. 돌이킬 수 없는 시간

순자는 큰 기와집이 더 가까워지고 생전 보지도 못할 정도의 많은 사람이 모인 것에 더욱 더 움츠린다.

"아방, 사람이 하영 한게마씸. 다른 데 가면 안되쿠가?"

많은 사람이 모여 웅성거리자 순자는 계속 가는 게 너무 무서웠지만, 아방은 물론 삼춘들도 계속 가기만 한다.

도무지 이곳을 나갈 생각이 없어 보이자 순자는 어멍을 보고 조른다.

"어멍, 나 집에 가고 시푼디!"

아방 뒤만 쫄쫄 쫓느라 정신이 없던 어멍에게 말하지만, 이곳 지리는커녕 한눈을 팔다간 바로 길을 잃을 것 같은 상황이라 그런지 어멍은 대꾸가 없다.

그도 그럴 것이 순자 어멍 옥선은 일본 오사카에서 살 때도 못 본 것 같은 많은 사람을 보고는 순자만큼이나 겁에 질린 데다 오기 전부터 들은 흉흉한 소문이 다시금 귀

를 맴돌며 앞으로 가는 만큼 무서움도 커져가고 있던 차
다.

'괜히 따라왔나!'

두려움이 가슴을 짓누르지만 이제 와서 후회한들 아무
런 방도가 없다. 집에 가자고 하는 뚤의 말대로 그냥 집으
로 내달리고 싶은 심정이나 여기까지 와서 이런 생각을
한들 뭔 소용일까 하는 마음에 모든 걸 포기하고 있다.

길도 모를뿐더러 거리도 한참인 곳을 그것도 서방 없이
순자만 데리고 간다는 건 옥선에게는 상상만으로도 죽음
보다 더 끔찍한 일이다.

어쩔 수 없던 옥선은 오로지 서방 옷자락만 잡는 것 말
고는 할 수 있는 일이 아무것도 없다고 여기며 서둘러 앞
만 보고 가는 정우를 부른다.

"여기~ 순자 아방, 여기 좀 봅써 순자 아방~"

너무 많은 인파의 웅성거림이 큰 탓에 한참 후에야 자신
을 부르는 옥선의 소리를 들은 정우는 자신을 잡고 있던
각시의 손이 떨리고 있음을 그제서야 눈치 채고는 멈춰
각시와 뚤을 살핀다.

이미 순자네는 군중들 한가운데까지 걸음을 옮긴 후다.

개회사에 이어 독립 선언문이 낭독되고 나서 각계각층의 대표가 결의를 표명한다.

그곳은 사람들이 더 꽉 차 움직이는 것마저 힘들고 곧이어 이어진 각종 구호를 그곳에 있던 사람들이 함께 외치며 귀가 먹먹해질 정도로 시끄럽다. 상황이 이쯤 되자 순자는 두려움에 사시나무 떨듯 떨며 귀까지 막는다. 정우도 뚤,의 상태가 심각한 걸 눈치채고 지금이라도 이곳을 빠져나가려 주변을 살피며 궁리를 한다.

하지만 옥선은 어떻게 해보려는 생각조차 내려놓은 지 오래라 가만히 정우의 옷을 잡고 있을 뿐이다.

'할 수 없주게! 괜히 따라와선….' 속으론 후회만 할 뿐 웅성거리는 큰 소리에 무서워 귀를 막고 있는 순자를 안정시키는 거 말고는 할 수 있는 일이 없다 여기고 있다.

관덕정 옆 우체국 근처에서 가족과 함께 꼼짝도 못하던 정우는 친구들을 불러 도움을 청하려 하지만 친구들은 이미 관덕정 옆 우체국을 훨씬 지나 이미 동문 쪽으로 가고 있다.

거리상으로도 시끄러운 지금 상황에서도 친구들을 부르는 건 불가능하다는 걸 알고 순자를 꼭 끌어안고는 각시의 손을 꽉 붙잡을 뿐인 정우도 이 시간이 그냥 무사히 지나가기만 바라는 것 말곤 아무것도 할 수 없는 자신의 무기력함에 절망하고 있다.

그런 정우의 눈에 드디어 기마병이 보였고 말을 보여주면 뚤의 기분이 바뀔 거라고 한 좀 전 생각이 떠오르며 뚤을 번쩍 들어 자신의 목에 목마를 태운다.

"순자야 말 보염시냐? 어떵 볼만허냐?"

시끄러운 소리에 겁을 먹고 웅성거림에 놀라 귀를 막고 있던 순자를 달래듯 목마 태워 어화둥둥 하듯 몸을 굴려준다. 한참을 그리하자 그제야 표정이 풀리기 시작하는 뚤이 웃기까지 하자 정우는 한시름을 놓는다. 옥선도 뚤이 웃자 무서운 마음에 피가 안 통할 만큼 손가락에 힘을 꽉 쥐 순자 아방의 옷자락을 잡았던 손에서 힘을 뺀다.

하지만 안심한 마음에 긴장이 풀린 바로 그때 총소리와 말 울음소리가 들린다. 그리고 급작스럽게 밀려드는 사람들의 물길에 순자를 목마 태운 정우는 중심을 잃고 만다. 안간힘을 쓰며 쏠려가듯 달리던 정우는 눈앞이 까매지는 걸 느낀다. 각시의 비명소리와 뚤의 울음소리가 멀어지듯 울린다. 그리고 정우는 쓰러진다.

아방 목에 목마를 타던 순자도 아방과 함께 그대로 땅으로 꼬꾸라지며 바닥을 뒹굴고 엎어진 서방의 등에 핏물이 번지는 걸 본 옥선은 눈이 뒤집힌다.

도와줄 사람이 아무도 없다. 동민 아방도 창수 아방도 영숙 아방도 없다. 주변에는 낯선 이들만 우왕좌왕할 뿐! 순간이었다. 그 모든 게 보이고 판단되어 옥선이 몸을 날려 뛸 순자를 덮은 건 찰나였다.

그리고 옥선은 등뼈가 으스러지는 고통을 느낀다. 순식간에 뼈가 아작 났는지 팔을 뻗으면 닿을 거리의 정우에게 몸을 움직일 수도 없다. 단지 사람들의 발길질 속에서 서로 눈을 마주칠 뿐! 의식이 가물거리고 자기를 보던 정우의 눈도 풀리고 있다.

'아, 우리 뜰 어쩌메? 누가 우리 순자 좀 살려줘마씸!'

가물거리는 의식 속에서도 오직 순자 걱정뿐인 옥선의 빛은 그리 사라지고 아침에 옥선이 다려 입혀준 귀한 양복저고리 등판 가득 붉은 피로 검붉게 변하며 정우의 빛도 곧 사라진다.

10. 구사일생

핏빛같이 붉은 노을이 관덕정 주위를 에워 살쯤 순자는 한기를 느낀다. 아직 삼월이라 초봄의 꽃샘추위를 느낀다는 건 자연스러운 일이지만, 순자가 느끼는 한기는 그런 한기와는 다르다.

'무거워. 어멍, 무거우메!'

정신을 잃었던 순자가 의식을 되찾으며 자기를 깔고 있던 어멍의 무게에 낑낑댄다.

따뜻했던 어멍의 체온도 언제부터인지 느껴지지 않았고 겨우 정신을 차린 순자는 스산한 냉기로 가득한 어멍의 체온에 섬뜩함마저 느끼며 평소와 다른 어멍으로 인해 언제 든 지도 모르던 잠을 깬 것이다.

노을은 짙어지며 하늘은 불태우듯 벌겋게 일 때 순자는 겨우 어멍을 밀치며 빠져나왔고 눈앞에 벌건 옷을 입은 채 엎드린 아방을 본다.

"아방, 아방!"

아무리 불러도 아방은 일어나지 않는다. 자신 위에 엎어져 자던 어멍도 흔든다.

"어멍, 어멍!"

어멍도 아방처럼 꼼짝하지 않는다. 그리고 말을 해도 곧 순자는 그 말이 자기 입 밖으로 나오지 않는다는 걸 알아챘다. 무섭다. 검붉게 변한 하늘도 무섭고 차츰 어두워지는 주변도 무섭다. 눈에 보이는 건 엎드려 있는 사람들밖에 없다. 최소한 순자 눈에는 그렇다.

좀 전 아방이랑 갔던 예쁜 과자들이 있던 양과자점도 무서운 아저씨들이 있었던 국밥집도 보이지 않는다. 순자는 자리에서 일어났고 다시 한기가 몰려온다.

이곳의 꽃샘추위는 서동 마을의 그것과는 다르게 음산하고 추위와 함께 눈치 없는 허기가 몰려온다. 순자는 손에 꼭 쥐고 있던 종이봉투에 손을 넣어 잡히는 걸 꺼낸다. 노란 화과자다.

빨간 화과자를 어멍에게 준 아방이 순자 몫이라며 봉투에 남겨 둔 노란 화과자는 다 으깨지고 속이 터져 버렸지만, 순자는 입에 넣는다. 달달하다!

달달한 화과자를 오물거릴 때쯤 아방 친구인 동민 아방 목소리가 들린다.

하지만 멀리서 울리는 듯 어지럽게 들리고 순자는 그대로 의식을 잃고 달려온 동민 아방은 순자를 받아 안는다.

11. 다른 순자

동민 아빠 품에 안긴 순자는 끝이 없을 것 같은 잠을 자고 잤다. 처음부터 자려고 태어난 아이인 듯 자고 또 잔다. 몇 날 며칠이 지나 겨우 의식을 차리긴 했지만, 말은 잃었다. 말귀는 열려 있지만, 말문이 닫힌 순자는 어멍 아방을 찾지 않았다.

동민 아방이 순자를 발견했을 때 잡고 있던 종이봉투를 자면서도 손에 꼭 쥐고, 깨어나자마자 뒤져 안에 있는 부스러져버린 화과자 부스러기를 오물거리기만 한다. 시간이 지나 맛은 변한 화과자 가루 한 알까지도 다 없어질 때까지 그러고 있다.

마을 사람들은 어멍 아방이 죽고 혼자 살아남은 순자를 향해 별 말들을 쏟아낸다.

"아이고 순자가 정신 줄을 논 모양이여!"

"저 일을 어떵헐꺼."

"어멍 아방 죽은 건 알고 이신가?"

"알암실테주게, 어멍 밑에 깔려있당, 지 손으로 나왔데 마씸!"

"어멍 귀신이 들령 미친 건 아닐꺼라이⋯. 으으 무서워."

남 일에 떠드는 이들은 어디에나 있듯 서동도 마찬가지다. 그 속엔 걱정도 있지만 흉하다, 생각하는 마음도 있고 안쓰러움도 있지만, 재수 없다 여기는 마음도 있다.

동민 아방이 순자를 발견한 건 정말 기적이다.

한창 삼일절 식이 진행되다, 한 아이가 기마대 경찰이 타고 있던 말 다리 사이로 빨려 들어가며 사달이 났고, 그러면서 흥분한 사람들은 돌을 던지고 가마 경찰들에게 대항했다. 그러는 과정에 사격이 일어나고 그때 순자 아방도 총탄에 맞아 즉사한 것으로 추측된다. 순자는 아버지 목에서 떨어지다 잘못되었는지 아니면 놀란 충격에 그리되었는지 말문이 막혔고 딸 순자가 도망친다고 정신없던 사람들에게 밟혀 사달이 날까, 자신의 몸으로 똘을 덮어 막던 순자 어멍은 사람들 발길에 몸속 뼈가 다 으스러지며 죽고 말았다. 그러면서 갈비뼈가 부러져 폐를 찔렀지만 그럼에도 얼마나 몸에 힘을 줘 똘을 보호했는지 순자는 어디

114

하나 부러진 데 없이 무사히 살아나온다는 것에 별 소문이 다 떠돌고 심지어 어멍 아방 잡아먹는 여우 새끼가 변한 게 순자라는 어처구니없는 말까지 돌았다.

순자 아방과 어멍의 시신은 같이 간 친구들이 찾아 누가 볼세라 서둘러 수습해 이곳 서동으로 데려와 소리소문 없이 장례를 치렀다. 너무 위험한 일이긴 하지만 그렇게라도 하지 않으면 그래서 또 친구를 그리 허망하게 보내기만 하면 정말 자신도 살 수 없을 것만 같던 동민 아방은 가족들의 반대에도 기어이 그랬다.

다행히 흉흉한 소문은 그리 오래가지 못했다.

최소한 겉으론 아무도 그런 말을 입 밖에 내지 못했다. 순자를 찾은 동민 아방이 순자를 자기 친딸로 호적에 입적시킨다며 어떤 헛소문도 퍼트리지 말라고 동네방네 떠들고 다닌 데다 동네 제일 어르신 중 한 분인 동민 하르방이 마을 사람들을 안 쳐 놓고 그런 소리 다시 들리면 가만히 있지 않겠다 엄포를 쳤다.

동민 어멍도 전분공장 전분 한 포대를 풀어 나누며 마을 사람들을 달랬고, 동민 할망까지 또래 할망들을 불러 보리밥 바구니 가득해 배불리 대접하며 부탁한 노력으로 달이 지나고 초여름이 올 때쯤엔 언제 그런 소문이 돌았나 할 정도로 흉흉한 말짓거리는 싹 사라지고 만다.

순자가 깨고 동민네에서 생활하며 소문도 잠잠해진 어느 밤, 동민 어멍은 이부자리를 깔며 벼루던 말을 한다.

"정말, 순자 우리 뚤 할꺼?"

서방의 표정을 살핀다. 삼일절 행사가 있었던, 그날 밤 잠자듯 서방 품에 있던 안겨 온 순자를 동민 어멍은 기억한다. 순자를 무조건 안방에 눕히고 건넌방으로 자기를 데리고 간 서방을!

그동안 마을에서 서방이 뜨는 말을 모른척하던 동민 어멍은 더는 미룰 수 없다고 판단하며 말을 꺼낸 것이다.

하지만 서방은 이때다 싶었는지 참았던 말을 봇물 터지듯 쏟아낸다. 괜히 말을 시켰다, 후회되었지만 이미 늦은 일이다.

"순자 아방이 죽언! 총에 맞안. 어떵 숨이라도 붙어 이시민 살려보카해신디…."

각시가 깔아 놓은 이부자리에 누웠다가도 벌떡 일어났다를 밤새 반복하던 동민 아방은 입을 꾹 다물다 눈물을 삼키곤 한다.

"순자 어멍도 죽어버린! 뼈가 얼마나 으스러졌는지, 들려고 하니 흐물거리며 온몸 구멍에서 피가 철철 흘런!"

서방은 그 장면이 생각나는지, 몸서리를 처대다 순자가 잠든 안방을 쳐다보고 순자 이야기를 꺼낸다. 결국, 이 말을 하려 그 말들을 한 것처럼!

"겨우 저거 하나 건전! 경해서 말인데, 이녁~"

"우리 똘 하나 키우게. 순자를 우리 똘로 키우면 안될껀가?"

말이 쉽지 요즘 같은 세상에 입 하나 늘인다는 건 보통 일이 아니다.

더구나 시위대로 오해받을 수도 있는 아방과 어멍을 둔 순자를 데리고 온다면 괜한 분란이 일지도 모를 일이었다. 더구나 순자네가 그곳까지 간 것에는 동민 아방이 주도한 일 때문이라는 게 알려지면 자신들도 무슨 일을 겪을지 무섭기만 했다.

"잠시 데리고 있는 거 말고 진짜 똘하자고마씸?"

오자마자 안방에 '턱' 하니 자리를 잡는 것까진 어찌 봐줄 순 있지만, 그 이상은 생각 못 한 일이라 대꾸도 하지 못했다.

하지만 눈치 없이 말문이 다 트인 서방은 더 무서운 말을 해댄다.

"아니면, 난 죽을 수도 이서!"

답을 찾지 못해 시간을 잡고 있다 죽을수도 있다는 말을 듣자 반사적으로 대꾸가 튀어 나간다.

"뭐랜햄수과? 무사 당신이 죽어마씸?"

'내가 정신을 바짝 차려야지! 이놈의 서방 또 뭔 말을 할꺼!'

동민 어멍은 귀를 의심하고픈 말을 서방이 기어이 내뱉자 놀람과 화가 뒤섞이며 대꾸하긴 했지만, 머리가 복잡해지지만, 말은 섞어 봐야 한다는 생각에 동민 어멍은 서방의 의중을 듣기로 한다.

"고라봅써. 이유나 알게마씸."

동민 아방은 동민 어멍이 이유를 말해보라는 말을 허락이라 믿고 싶다.

"거긴 내가 가겐해서 가신디, 정 죽언. 거기다 죽은 걸 내 눈으로 봔!"

"정우 놈이 똘이라면 죽고 못살던거 알긴허멘?"

"이리 내불면 내 명에 못살꺼닮안 경햄쭈게 서방 살린다

118

생각허고 순자 키우게, 우리 딸이다 생각하고 키우게!"

속사포처럼 다 뱉은 동민 아방은 가슴을 쓸다 이부자리에 엎어지고 그렇지 않아도 살집 없는 동민 아방은 하루 반나절 만에 반쪽 아니 그 반쪽이 되었다.

지금, 옳고 그런 걸 따져 봤자 아무 소용이 없다 여긴 동민 어멍은 순자 깨면 생각하겠다며 서방을 달래 재운다.

서방은 뒤로 물러설 생각이 없어 보인다. 한번 정한 마음은 바꾸지 못하는 천성이 또 움직인 것이다. 하지만 동민 어멍 생각엔 그건 너무 넘치는 행동이다. 여태 하지도 않던 부부싸움도 했다. 작고도 크게도 하게 된 부부싸움은 급기야 부모님까지 알게 되고 동민까지 다 모여 가족회의를 하게 된다.

다행히 고집스런 어멍은, 호적을 바꾸는 건 죽은 순자 아방에 대한 도리가 아니니 그냥 수양딸로 키워 시집이나 보내자 결론을 내리고, 자라는 동안은 자신이 키울 테니 며느리인 동민 어멍에게는 신경 쓸 것 없다고 못을 박았다.

고집을 피우던 동민 아방도 자신보다 몇 배는 더 센 어멍이 고집을 이기지 못하고 그러기로 결정을 내리고 순자는 동민이네 수양똘이 된다.

그럼에도 동민 아방은 언젠간 기어이 자신의 호적에 올리겠다 마음먹지만 아직은 혼자만의 생각이다.

이후 동민 아방은 굴로 피신 가기 전까지 매일 술이었고 술만 먹으면 순자 아방 이름을 부르며 울기일 수고 그럴 때면 여지없이 동민 아방의 곁에 앉아 눈만 끔뻑이는 순자를 안고 한없이 울기만 한다.

"말문도 막힌 널 어떵허코!"

"죽어서도 너 아방 볼 낯이 어서."

"너 아방하고 난 형제나 다름어서신디, 호적에 올령 조금이라도 바람막이가 되어 주려했는데…. 흑흑흑."

하소연은 매일 밤 계속되었고 굴로 피신 가기 전날 동민 어멍은 마음을 고쳐먹는다.

짐을 싸고 잠시 눈이라도 붙이려 나란히 누운 잠자리에서 말을 건다.

"동민 아방~"

동민 아방은 각시가 부르는 소리에 고개를 돌린다.

다 잃고 거지가 되어 도망가는 신세가 된 처량한 마음에 잠을 이루지 못한 동민 아방은 각시도 자기처럼 잠을 이루지 못한단 생각에 슬그머니 손을 잡아 준다.

"나 때메 고생허게 핸 미안허여."

찹찹한 마음에 동민 사과를 한다.

"동민 아방, 순자, 우리 똘 하게마씸. 우리 호적에 올리는 진짜 똘 마씸."

그렇게 안 된다며 우기던 각시가 갑자기 맘을 바꾸자 깜짝 놀란다. 더구나 이런 처지에! "무사, 맘이 싱숭생숭핸?"

처지가 이리되니, 마음이 흔들려 하는 괜한 소린가 하는 생각에 각시를 달래보려 하지만 동민 어멍의 말투는 단호하다.

"아니 마씸"

"찬찬히 지켜보난, 이녁 말대로 진작에 진짜 똘로 키웠으면 당신 맘도 벌써 잡혔고 우리가 이 꼴도 안 당했을 거란 생각이 들언마씸."

"그동안 계속 경핸. 입으로 뱉긴 힘들었는데 다 잃고 나니 도리어 말이 쉽게 나완마씸."

속말을 다 내뱉은 동민 어멍은 속이 시원한지 자리에 눕는다. 등을 돌리고 눈을 감는다.

"잠시라도 눈 붙입써."

각시의 정스러움을 느끼며 잠들지 못하고 밤하늘 마당
으로 나간다. 하늘은 높고 별은 쏟아질 것 같다. 초겨울 찬
바람이 상쾌하다.

'역시 내가 장가는 잘 들언. 내 각시가 최고여.'

12. 입굴入屈

검은 새벽 동민네가 움직일 때 그 많은 바람도 잠든 듯 고요하고 작은 미풍에도 흔들리던 억새마저 잠잠하다.

'어영 옵써.'

앞장서는 동민 아방은 손짓으로 말을 한다.

동민 아방이 앞장을 서고 그 뒤를 양손에 동민과 순자 손을 꼭 잡은 동민 어멍이 따르고 그 뒤를 동민 하르방과 할망이 따른다. 그 뒤를, 창수네 영숙네가 따르고 잠잠한 새벽은 그렇게 부스럭거린다.

항상 함께하던 친구 창수 아방과 영숙 아방이 자기네가 사라지고 나서 그 책임을 묻게 될까 하는 염려로, 고문에서 풀려나 집으로 돌아오는 길에 두 친구를 만나 함께 굴에 들어가기로 마음을 합쳤다. 다시는 순자네 같은 일이 일어나는 걸 볼 수 없던 동민 아방의 간절함이 친구들을 설득시켰다.

굴 입구 쪽에는 먼저 온 사람들이 자리를 잡고 있었다. 안쪽으로 자리를 잡은 그들은 준비해온 자리를 편다. 그리고 준비해온 감저며 지슬을 나누고 사람들을 모았다.

"전분공장하다, 다 빼앗기고, 거덜 난 서동의 동민 아방 마씸. 같이 있게 해 주난 고맙수다. 난리 통이 언제고 끝날 때 함께 마을 잔치나 하게 마씸."

굴 젤 높은 천정이 있는 굴 중심에 서서 새로 온 신고식 겸 자기소개를 한 동민 아방은 알던 이들과 인사를 나누고 자리에 눕는다. 딱딱한 굴 바닥에 준비해온 깨끗한 짚을 덮고 가져온 솜이불을 그 위에 깔고 누웠다. 그러니 꽤 누울 만했다. 각시가 두꺼운 솜이불을 머리 꼭대기까지 덮어주자, 스르르 잠이 든다. 그렇게 든 잠은 친구 정우가 죽은 그날 이후 첨으로 자진 단잠이다.

곤한 잠을 온종일을 잔다. 빛이 들어오지 않는 굴 안 쪽은 낮인지 밤인지 구분이 안 되어 잠을 청하는 데는 딱 맞긴 했지만 단지 그런 이유로 이런 단잠을 잤을 리 없다.

정우가 죽고 난 이후, 뜨끈한 군불 땐 안방에서 각시가 시집올 때 혼수로 해온 금침을 깔고 누웠을 때도 이런 단잠을 자지 못했다. 아니, 단 한숨도 달게 잔 기억이 없다.

되려 잠이 오지 않아 술을 먹었고 술을 먹고도 말똥한 정신을 견디지 못해 야밤 미친놈 같이 온몸이 땀에 젖도록 오름을 오르기도 했고 아니면 친구가 살던 서동 마을 젤 위에 있는 아무도 없는 그 집에서 뜬눈으로 밤을 새우기도 하며 귀신으로라도 꿈속에 나타나지 않는 순자 아방을 원망하고 자신을 원망하며 밤을 밝히곤 했다.

그러고 나면 낮은 낮대로 신경이 예민해져, 평소 같으면 융통성 있게 잘 넘어갈 일도 동티나게 했고, 그러다 먼저 싸움을 걸기도 했다. 순하게 잘 어울리는 데다 영리하고 처세에 능하기도 했던 동민 아방은 둘도 없던 친구 정우가 죽고 난 이후 사라지고 없었다.

굴에 들어온 첫날 동민 아방은 다시 예전의 동민 아방으로 돌아갔다.

아니 뭐랄까 좀 더 성숙한 동민 아방으로 변했다고 하는 게 맞을성싶다. 굴 안에서 제3의 삶을 시작하고 있었고 호적을 바꿀 시간이 없어 그러진 못했지만, 이미 진짜 뜰이 된 순자도 함께 새 삶을 시작한다.

온종일을 잠으로 보낸 동민 아방은 세상 개운한 새날을 맞고 굴 입구 쪽으로 가 가져온 감저의 흙을 대충 털어낸 후 익히지도 않은 그대로 씹어 먹는다. 직접 키운 감저는 은은한 단맛을 내며 기분도 좋게 한다. 아방이 감저 먹는 걸 보곤 아들 동민이 순자 손을 잡고 옆으로 오자 눈웃음으로 아들과 딸을 반긴 동민 아방은 순자와 동민에게 줄 감저를 찾아 흙을 털고 반으로 쪼갠다.

"혼저 왕 감저 먹어보라."

그리곤 큰 쪽을 순자에게 주고 작은 쪽을 동민에게 준다. 그래도 동민은 씽긋거릴 뿐 불만이 없자 동민 아방의 마음이 좋다. 마음 큰, 아들이 자랑스럽다.

'내 아들놈이지만 나보단 통도 더 큰 게 나보다 백배는 나은 놈일세.'

이제 정말 머리부터 마음 속속히 맑아짐을 느끼며 자욱하던 안개가 걷히고 맑은 하늘이 속에 꽉 찬다.

13. 굴 안 서동

굴 안 생활은 단조롭다.

동민네와 창수네 영숙네가 굴로 들어온 지도 수십 일이 지나고 아직 설은 되지 않았지만, 신식 달력으로는 해가 바뀌고 있다. 수십 일이 지나는 동안 굴 안 사람들의 생활은 별다른 특이점이 없이 매일매일 같은 날이다.

그런 시간과 불안함으로 처음에는 언제 토벌대가 올까 하는 두려움에 신경이 날카로워져 서로 얼굴 붉히는 일들이 생기기도 했지만, 그때마다 동민 아방의 중재가 빛을 발했다.

모두의 마음을 들어 주고 자신이 가지고 온 걸 공평히 나눠 주다 보니 꽤 많이 챙겨 온 감저며 지슬이 바닥을 보이고는 있었지만 그런 동민 아방의 마음 씀씀이 덕분에 큰 분란 없는 굴 안 생활이 되고 있다.

다른 이들도 동민 아방이 하듯 자신의 것을 나누고 급히 굴로 숨어드느라 올 때 빈손으로 올라왔던 이들은 야밤에 몰래 마을에 내려가 식량을 가져오기도 했지만 그건 매우 위험한 일이었다. 그러다 토벌대가 눈치라도 채 굴 안이 발각되면 큰 변고가 생길 터였기에 시간이 지나며 서로의 안전을 위한 규율이 생겨났다.

청년과 아방들을 중심으로 조를 짜 자진해서 훈련을 하고 주변 망보기, 식량 구해오기, 죽창 만들기, 짚단 구해서 입구에 쌓아두기 등 굴 안 안전을 위한 일들은 그렇듯 젊은 남자 '삼춘'들이 담당하였다.

하르방들은 '삼춘'들이 구해온 지푸라기로 신을 짓고 젊은 어멍들은 식사를 맡았다. 어린아이들을 챙기는 것도 처음에는 어멍들이 주로 담당하고 할망들은 짚을 엮어 추위를 막을 옷을 짓고 굴 안을 청소하는 걸 주로 하긴 했으나 할망을 잘 따르는 아이들이 많아 할망들 하는 일이 모호해져 갔고 그러면서 아직 어멍이 되지 않은 젊은 새댁들과 처녀인 젊은 여자 삼춘들이 할망이 하던 옷 짓는 일과 굴 안 청소를 거들게 되었다.

누가 지시를 하거나 하지 않는다고 특별히 책망하는 이는 없지만, 서로를 위하고 이곳에서 살아나가야겠다는 모두의 소망으로 매일 반복되는 일상에 힘을 합치고 있다.

하지만 아이의 일상은 어른의 그것과 달랐다.

서동과 함께 중산간에 있는 다른 마을이 모여 있으면서 그전까지는 얼굴도 모르던 아이들은 놀이를 하며 첨부터 알던 아이들처럼 친해지고 어른들처럼 매일 같은 일을 반복하지도 않고 나날이 새로운 놀이에 열중한다.

아이들은 작은 것 하나라도 새롭게 하는 놀이 재미를 택하고 굴 안쪽 젤 깊숙한 곳에 있는 자기들의 놀이터를 만들었다. 다리도 펴지 못하고 엉금엉금 기어야 하는 그곳은 세상에 둘도 없는 천연 놀이터다.

컴컴한 굴속이라 처음에는 아무것도 볼 수 없었지만, 굴이 익숙해지자 아이들은 보이지 않아도 볼 수 있고 말하지 않아도 들을 수 있으면서 놀이하는데 문제가 될 건 하나도 없다. 아이들은 어른들의 적응시간보다 훨씬 빨랐고 곧 굴의 어둠도 거친 돌바닥도 어느덧 아이들에겐 놀잇감일 뿐이다.

"오늘은 뭐하고 놀꺼?"

요망진 영숙이 아침마다 하는 말이다. 물론 토벌대를 피해 있는 곳이라 작은 허점도 용서되지 않는 긴장된 공간이었기에 큰소리는 물론 숨소리도 죽이며 놀아야 한다.

그 뒤엔 조용히 따르는 순자가 있다. 말문은 여전히 막혀, 돌아오지 않지만, 이곳은 그런 순자가 이상해 보이지 않는다. 어차피 말문이 잘 뚫려 목청 큰 아이조차도 숨 소리만한 말을 해야 하기에 순자가 말문이 닫쳤다는 거로 놀리거나 이상해하는 아이는 없다.

"오늘은 우리 '줄놀이' 하게."

영숙은 순자가 가져온 털실 뭉치를 보며 줄놀이를 생각해 낸다. 털실 뭉치는 순자가 올 때 자신의 집에서 가져온 유일한 물건이다. 예전 어멍이 옷을 지어주겠다며 귀하게 장만했던 털실 뭉치다. 뜰 조끼라도 떠 주려 분홍 털실을 어렵사리 구해 바구니에 담아 두었단 걸 알고 있던 순자는 동민네로 가기 전 마지막으로 들린 자기 집에서 가져와 가슴에 꼭 품었다.

영숙은 긴 줄을 동민과 창수에게 잡으라 하고는 다른 여자 친구들과 넘는 놀이를 한다. 낮은 높이 때문에 일어서서 폴짝 뛰진 못하고 앉아서 팔로 줄 넘기를 하지만 줄을 돌리는 창수와 동민도 맥 빠진 줄을 살살 돌리는 척만 할 뿐이지만 그래도 좋아 죽는 여자아이들은 입을 틀어막고 몸까지 흔들며 소리 없이 웃어 재긴다. 작은 돌로 하는 공기놀이, 돌을 이어 선을 만들고 그 선을 이어 면을 만들고 각각의 공간을 만들어 옮겨 다니며 하는 놀이도 한다.

같은 놀이도 매번 규칙을 바꾸고 세세함을 바꾸어 다른 놀이인 듯 놀고 또 논다.

사내아이들은 굴 안을 다 돌아다니며 서로를 잡는 총팡놀이라는 걸 하고 입구 쪽 너른 공간에서 씨름은 물론 팔씨름부터 발씨름까지 하며 기운을 뺀다.

그렇게 여기 굴 안은 순자에겐 서동이 되어갔고 순자의 전부가 되어가고 있다. 굴 안 사람들은 그렇게 어멍, 아방 없는 순자에게 큰 가족이 되고 있다.

순자는 행복하다!

특히 단짝인 영숙이와는 싸워도 좋고 욕을 해도 좋다. 창수가 짓궂게 장난을 쳐도 좋았고 동민이가 이젠 '오라방'이라고 하며 거들먹거리는 것도 좋다.

오늘은 또래끼리의 씨름에서 결승전까지 올라간 동민이 깨진 날이다.

분함에 동민은 굴 맨 안쪽 놀이터에서 넘치는 서글픔에 소리 없는 눈물만 뚝뚝 흘린다. 잃은 것은 자존심이지만 어른들 눈으로 봐서는 그리 큰 자존심을 잃은 것은 아니다. 일등으로 씨름을 잘한다는 걸 동생이 된 순자에게 자랑하고 싶었던 동민은 그 기회가 날아갔단 이유로 슬프다. 한참을 눈물 바람을 할 때 동민은 인기척을 느낀다.

순자다! '오라방, 이거 먹어.' 언제 배웠는지 글자를 익혀 동민 손바닥에 글자를 그린다. 이미 어멍한테 배워 글자를 익히고 있던 동민도 순자가 그린 글자를 알아챘다.

"오라방?!"

자신에게 '오라방'이라고 한 순자의 글자에 감동한 동민은 자기도 모르게 소리를 지를뻔하고 숨죽이며 감동한다. 순자의 고개 끄덕임을 가슴에 새긴 동민은 그때부터 그냥 동민이 아닌 '순자 오라방' 동민이 된다.

아방과 어멍이 죽은 날 동민 아방 품에 안겨 서동으로 돌아와 죽은 듯이 몇 날 며칠을 자다 깨어난 후부터 순자는 너무 멀쩡했다. 웃지도 않았지만 울지도 않았고 어멍을 찾을 만도 하고 아방을 그리워할 만도 했지만 그러지 않았다. 말문이 막혀 그러했다고 하기에도 이해가 되지 않을 정도였다.

동민 아방의 수양딸이 되었단 말을 들었을 때도 그러했

다. 동민 어멍이 순자를 진짜 딸로 받아들이는 것에 주저했던 것도 순자의 그런 점 때문이었다. 순자의 멀쩡함은 때론 서늘함으로 느껴질 정도였기에!

사람들은 그런 순자를 이해할 수 없었다. 죽은 어멍의 시신에 깔렸다, 겨우 살아난 순자는 사그라지어가던 체온을 느끼며 함께 시들어가며 온기라는 건 시든 체온으로 바뀌고 감정은 닫쳤다.

웃지도 울지도 못하고 심장도 뛰지 않고 먹어도 몸이 데워지지 않고 겨우겨우 연명하는 인형인 순자가 되었다. 다시 예전처럼 돌아가기 위해선 많은 시간과 친구와 아주 많은 사랑이 필요하다. 그리고 그 시간 순자는 굴 안에 있다. 다행히….

굴 안 친구들과 삼춘, 할망, 하르방, 그리고 새로 생긴 어멍과 아방과 있는 이곳은 순자가 다시 살아날 수 있게 해주는 어멍의 뱃속이고 그 속에서 순자는 다시 살아나고 있다.

토벌대를 피해, 서북청년단을 피해, 모리배들을 피해 도망친 여기에서!

14. 제주에 온 첫날

제주로 향하는 배 안은 사람으로 발 디딜 틈도 없고 배 굴뚝에서 나오는 연기는 숨을 쉬기 힘들 만큼 쾌쾌하다. 제주로 오는 귀향선엔 '조센징'이라 불리던 제주 한국인으로 꽉 차 있다.

일본에서 번 돈을 조금이라도 챙겨 오던 사람, 급한 마음에 다 버리고 몸만 싣고 오는 사람 등 다양한 사람들로 뒤섞여 있지만 벅찬 감동을 품은 귀향을 한다는 점만 똑같은 제주인들이다. 간간이 섞여 있는 일본 태생의 아이들도 있긴 하지만 최소한 한 부모는 제주인인 제주의 후손이다. 순자도 그런 경우다.

제주인 남녀가 일본에서 만나 순자를 낳은, 부모는 제주가 본향이고 고향이지만 순자는 탯줄을 묻힌 곳이 본향이라고 한다면 일본 오사카가 순자의 '본향'이고 고향이다, 물론 부모님의 뿌리가 제주인 만큼 본향이 제주라고 할

수는 있겠지만 어쨌든 태어난 곳이 오사카인지라 순자의 고향은 그곳임엔 틀림이 없다.

자신의 고향을 떠나 어멍 아방의 본향인 제주로 떠나는 순자는 새로운 줄을 잡아 다시 태어나야 할 운명과 맞닥 뜨려지고, 겉보기만이라도 순조롭게 풀린다면 그나마 다 행이겠지만 그것마저 힘든 시대라 안팎으로 불어닥치는 힘든 물살과 거친 바람을 견디어야 한다.

하지만 그게 순자에게만 주어진 운명이 아니라 새로운 고향을 찾는 이들에게 주어진 공통 운명이라는 게 맞을 듯하다.

"어멍, 추워."

제주를 향한 배 위에는 겨우 다섯 살 순자는 손이 얼 것 같은 추위에 벌벌 떤다. 제주말을 하고 있다. 일본에서 태어난 순자는 일본말에 더 익숙하지만 이제 일본말은 절 대 쓰면 안 된다는 아방의 말에 집에서 어멍 아방에게서 배운 제주말만 하려 애를 쓴다.

하지만 집채만 한 파도에 흔들리는 배에서 토역질을 참 는 것은 의지로도, 노력으로도 되지 않는 탓에 제주로 가 는 내내 토하느라 바람을 막을 벽이 있는 객실 안에 있지 못하고 갑판에 나왔다.

말이 다섯 살이지 이제 막 해가 바뀌며 다섯 살이 된 늦은 생일의 순자지만 발육이 좋은 덕에 그나마 나이가 어색하진 않을 뿐이다.

"어멍, 너무 추워 마씸."

태어나면서부터 영특했던 순자는 일본에 살 때도 집에서는 종일 제주말로 어멍 아방이랑 수다를 떨며 익숙해진 제주말을 마구 던진다. 그렇게라도 하지 않으면 입마저 얼어붙을 것 같다.

옥선은 가져온 솜이불로 순자를 동여맸지만 겨울 바다 한가운데에서 불어 재끼는 광풍은 솜이불 정도는 우습게 뚫는다.

"영은 안되쿠다. 욕을 얻어먹더라도 객실로 들어가야지…. 이러다 뚤 자식 잡으쿠다!"

옥선은 솜이불로도 대책이 없는 바람을 실감하며 순자를 객실로 데리고 들어간다.

객실 안은 온갖 잡냄새가 뒤섞이며 멀미가 없는 사람조차 토역질을 하게 할만한 그런 공기 질이지만 그래도 사람들의 온기로 따뜻하다.

"냄새나더라도 좀 참으라. 밖에 있다간 우리 순자 얼어 죽을까 겁나 경햄쪄!"

순자는 제주 말로 말하는 어멍의 걱정을 듣고 참아보려 하지만 그게 말대로 되는 건 아니었다. 따뜻한 객실로 들어오자마자 다시 토하기 시작한 순자는 이제는 어멍이 받쳐 든 봉지에 토를 할 기운도 없는지 그냥 그대로 질질 흘리듯 토하고 있다. 하긴 이 상황에서 오줌을 싸지 않는 것만으로도 대단한 거긴 하지만 말이다.

잠시 후 어딜 갔다 왔는지 아방이 객실로 들어온다.

"어디 가신가 했쪄!"

각시 말에는 대꾸도 하지 않고 가져온 물통을 건넨다.

"순자, 이것 좀 먹이게."

정우는 물통에 물을 받아 왔다. 식수도 모자라 그냥 참고들 있는 상황에서, 계속 토하는 딸의 탈수증에 걱정된 정우는 배 갑판에 나가 선장에게 사정하며 몸으로 할 수 있는 일 뭐든 하겠으니 딸이 마실 깨끗한 물을 좀 얻게 해 달라고 청했다.

선장은 정우의 돌 같은 몸을 쓰윽 살펴보고는 파도에 엉망이 된 갑판을 치우라는 말과 함께 그러고 오면 자신이 마시려 둔 물통을 주겠다는 말에 부리나케 갑판을 치우고 얻은 물통이다.

옥선은 물통 작은 뚜껑에 조금씩 물을 따라 똘을 먹인다.

"깨끗한 물이라. 천천히 먹게. 토를 영 하영 행 물도 먹지 못하민 죽을 수도 이서."

눈이 퀭하게 기운이 빠졌던 순자는 어멍이 주는 물을 마시며 조금씩 숨소리가 돌아오고 있었다. 토역질을 하느라 꽥꽥거리는 소리가 아닌 새근거리는 숨소리가 들리며 정우와 옥선은 한시름을 놓는다. 고향을 돌아가려다 하나뿐인 똘자식 잡을 줄 알았던 그들은 이제 겨우 안심한다.

"순자 아방, 이제 우리 똘 살안. 경해도 아방이 최곤게."

각시의 부추김과 자신이 구해온 물로 살아난 똘을 보며 정우는 이제야 안도감을 쓸어내린다.

기어이 고집 부려 돌아가는 고향길은 시작부터 난관이 첩첩산중이다. 오사카에서 옥선이 운영하던 식당을 내놓는 일도 가진 것을 돈으로 바꾸는 일도 일본인의 방해로 쉽지 않았지만, 그것보다 더 힘들었던 건 죽어도 싫다는 각시 옥선의 고집이었다.

'뭔 좋은 기억이 많다고 돌아가려 하냐.'며 갈려면 혼자

가라고 하는 옥선을 설득하느라 해방된 해에 귀향선을 못 타고 해가 바뀐 정월에서야 귀향선을 타게 되었다.

해방되던 해에 귀향선을 탄 이들 중 일본에서 쌓은 걸 가져가지 못한 이들이 많았다. 그때만 해도 그도 그럴 것이 집이며 가게는 못 팔게 방해를 많이 받았고 몸만 가지 않으면 귀항을 방해하겠다는 소리에 일단 가고 보자는 마음으로 정말 거의 몸만 간 이들이 대부분이다.

정우는 아직은 모르고 있긴 하지만 요망진 각시 덕에 그래도 시세만큼은 아니지만, 옥선이 운영하던 식당도, 정우가 몰던 인력거도 그럭저럭 아쉽지 않을 만큼은 값을 받고 집과 도저히 짐으로 싣고 오지 못하는 것들도 팔아 꽤나 성공적인 귀향 준비를 했다.

처음에는 반대만 부르짖던 옥선이 정우의 말을 듣기로 한 것은 이처럼 자금이 모여 이 정도면 제주 가서도 지금 정도는 살겠다는 계산이 섰기 때문이다.

하지만 배를 타면서 시작된 딸, 순자의 멀미 토역질은 옥선도 정우도 예상치 못한 일이다.

"이제 다 완~!"

객실 창 너머 땅이 보였다. 제주였다!

제주가 보이자 배 안의 사람들은 일제히 제주가 보이는 갑판 쪽으로 몰려가며 환성을 질러댔다. 느낌일 수도 있었지만, 순자는 배가 한쪽으로 기울며 휘청하는 걸 느꼈다. 그리고 그 느낌에 잠시 멈췄던 토역질이 다시 시작된다.

"웩 웩."

먹은 것 없는 조그만 몸뚱어리에서 참 많은 게 나온다.

배는 곧 제주항에 정착하곤 자기 짐을 들쳐 든 사람들은 서로의 귀향을 자축하듯 서로에게 축하의 덕담을 하며 고향 땅을 밟는다.

"잘들삽서~"

"이젠 쪽바리들 눈치 안 보고 잘 살게 마씸."

"조센징 소리 않들어도 될꺼아니."

"언제고 만나면 탁주 한 사발 허게마씨."

"내 고향서 새끼 놓고 잘 사주게. 하하."

모두는 들뜬 목소리에 상기된 얼굴이다.

이때만큼은 매서운 겨울 추위도 힘을 못 쓰는 듯하다. 순자네도 고향 땅을 밟는 다른 이들과 섞여 같은 소리를 내고 있다. 단지 다르다면 귀향선이 제주로 오는 내도록 그치지 않던 눈보라는 제주 땅을 밟는 그 순간에도 멈추지 않는다.

두꺼운 솜이불을 김밥 싸듯 둘둘 말아 끈으로 묶어 그 끈을 옥선이 잡은 괴상한 모양새가 된 순자는 멀리서 보면 이불 덩어리가 걷는 모양새다.

정우는 산만한 가방을 양손에 들고 옥선은 한 손에는 순자를 한 손에는 가방만 한 보따리를 들고 머리에는 그것보단 좀 작지만 그래도 큼직한 보따리를 능수능란하게 지고 있다.

"조금만 참으라게. 좀 있으면 외갓집 가그네, 맛난 거 먹을꺼난."

앞장서는 정우는 들뜬 목소리로 성큼성큼 걷고. 뒤따르는 옥선도 상기된 듯 발그레한 볼에 웃음이 끊이지 않는다.

"순자야 고생 다핸. 여기가 고향~. 이젠 일본일 다 잊어불곡 여기서 행복하게 살게."

어멍은 좋아서 기뻐서 한 말이었지만 순자는 어멍의 말이 이상하기만 했다.

오사카에서 태어난 순자는 일본에서의 생활이 나쁘지 않았고 어린 마음에 좋았다. 어멍의 식당 냄새도 좋았고 어멍 식당에 오는 손님들도 좋았다. 골목에서 만나는 친구도 좋았고 어쩌다 가는 양과자점도 좋았다. 어멍이 사주는 예쁜 옷도 좋았고 아방이 사준 구두도 너무 좋았다. 예쁜 그림책도 좋았고 옆집 친구 어멍도 좋았다. 순자에겐 그곳을 잊는다면, 행복도 사라질 것만 같다.

그래도 어멍은 일본에서의 일은 다 잊자고만 한다. 그리고 행복하자고 한다. 아무리 영특한 순자도 어려서인지 아니면 말 자체에 문제가 많은지 도저히 이해가 되지 않았다. 행복한 곳을 떠나 멀미로 너무 힘든데 이젠 행복, 하자는 모를 말을 어멍은 계속한다.

"다신, 배 안타게 허크메 걱정허지말라~"

배를 다시 타지 않으면 다신 오사카, 살던 동네로 돌아갈 수 없다. 그러면 어쩔 수 없이 이곳에서만 살아야만 한다. 배를 타는 게 힘들었지만 그래도 순자는 친구 보러 가지 못하는 게 더 힘들 것 같다. 한번도 살지 못한 곳을 고향이라고 말하는 엄마의 말에 순자에게 고향은 낯선 곳이라는 의미가 되는 듯했고 낯선 곳에서 친구 없이 살아야만 한다는 무서움은 겨울 살바람보다 더 무섭게 다가온다. 무서움에 더는 갈 수 없던 순자는 그 자리에 멈췄고 순간 자신의 시간도 멈춘 것 같았다.

멈춘 시간이 뒷걸음까지 치려 할 그때 어멍이 순자를 앞으로 끌어당기며 빙삭이 웃는다.

"어멍 고향, 가게. 어멍은 고향이 참 싫어 떠났는데 사실은 하영 좋아헌거 닮다."

"그래서 다시 오고 싶어 완. 어멍 고향을 우리 순자도 좋아해시민 좋키여."

그때 느꼈다. 그리고 그 느낌은 가슴에 콕 박혔다.

어멍의 고향, 제주를 좋아해야 어멍이 기뻐한다는 걸!

15. 행복하다

동글 안에서만 수십 일을 논 아이들은 굴에서의 놀이에 너무 익숙해져 있다. 그러다 보니 밖을 잊은 것처럼 보이기까지 하다. 동민 아방은 그게 마음에 걸렸다. '동민이도 그렇고 우리 순자도 바깥 공기 마시고 해야는데….'

그런 고민을 하긴 하지만 정작 그런 맘을 겉으로 드러낼 수는 없다. 잘못하다 간 아이들은 물론 여기 굴 안에 있는 사람 모두가 다 죽을 수도 있는 일이기에 단지 마음만 그러했다.

추위가 거세지다, 얼마 전부터는 눈보라까지 치기 시작하며 그냥 하던 데로 버티기에는 굴 안 냉기가 너무 힘들 정도가 된다.

토벌대가 무서워 불도 지피지도 못하고 지푸라기와 가져온 이불로 버티고는 있지만, 오래 머물게 되면서 어렵사리 가져온 두꺼운 솜이불도 굴 안 습기와 냉기에 무겁기만 한 덩어리가 되어 가면서 추위를 막는데, 큰 도움은 되지 못한다.

늦가을과 초겨울에는 그나마 돌로 감싸 안은 굴이라 아무리 바람 곶이라는 이곳 바람이라 할지라도 못 견딜 만큼 들이닥치거나 하지 않고 땅속이라는 특성상 땅의 지열이 전해지며 어둡고 축축한 곳일지라도 크게 못 견딜 정도는 아니었다.

하지만 겨울이 깊어질수록 그런 작은 장점들은 한계를 드러냈고 나이 많으신 할망 하르방은 물론 아이들과 장정들까지 추위에 힘든 시기를 맞이하게 되었다.

뱃속에 들이는 것마저 불에 익히지 못한 날것을 위주로 먹다 보니 어디서 온기 더할 일은 더구나 없다. 단지 서로의 체온을 나누며 꼭 끌어안는 것 말곤 다른 대책을 찾지 못하고 있다.

계속된 사나운 눈보라 때문에 오름이나 숲속에 사는 동물조차 먹이를 찾아 민가로 내려오는 것까지 허락하지 않을 정도였다. 자식에게 끔찍한 동민 아방이었지만 아무리 독하디독한 토벌대라 할지라도 설마 이런 날씨에 돌아다니진 않을 거라는 믿음이 생기기 시작했다.

추위에 이골이 난 만큼 골병이 난 굴 안 사람들은 이참에 용기를 내어 여기 굴 근처 다른 작은 궤에서 잠시 잠깐 불을 피워 감저나 지슬을 구워 오기도 하고 그곳에서 만든 숯을 화로에 담아 굴 안에 온기를 더하기도 한다.

아침마다 뱃속에 욱여넣던 차가운 조 범벅에 익히지도 않은 감저나 지슬을 먹는 것에 질리던 사람들은 아침 식사 후 호화스럽게 구운 보들보들한 감저와 지슬 맛에 맘까지 보들보들해진다.

"요즘만 같으면 내년까지도 살아질꺼 닮은디."

그동안 힘들었다는 걸 영수 삼춘은 그리 말하며 정자 삼춘에게 잘 익은 감저를 들이민다. "이거 먹으면 난리 끝나고 내 각시 될꺼~"

라는 농 아닌 농을 하다, 두들겨 맞기도 하고 산달이 다 된 '경덕 삼춘'은 기적과도 같은 두 번째 몸풀기에 성공한다. 낳은 아기도 어멍 뱃속에서 이미 적응했는지 어멍 배 밖으로 나올 때도 개미 숨소리만큼 울다 멈췄고 나올 때를 잘 알고 태어난 아기는 그 덕에 끓인 물 덕을 보며 어멍 젓에 코를 박고 배를 불린다.

남자와 여자가 뒤섞인 이곳에선 아무리 애 어멍이라 해

도 가슴을 드러내고 젖을 물리는 건 그리 쉬운 일이 아니라 굴 안 사람들은 궁리를 했다.

가끔 불을 땔 수 있고 이곳보다 더 숲 깊숙이 있는 근처 작은 궤로 애 어멍과 갓난아기와 함께 네 살배기 큰아들을 산 구완해 줄 친정 어멍 손에 붙여 보내고 물애기를 데리고 온 다른 어멍들도 그리로 거처를 옮겼다.

물애기 어멍들이 작은 궤로 옮기며 가끔 울리던 아기 울음소리도 더는 들리지 않았고 애 아방들은 그곳과 여기 굴을 오가며 숯이며 먹을 걸 옮기는 일을 맡았다.

그나마 굴 안 생활에서의 음악이었고 삶을 지탱해줄 희망의 노랫가락인 아기 울음소리가 들리지 않는 건 서운한 일이었으나 이곳의 안전을 위해서는 최선이었다.

눈보라는 그치는가 싶다가도 다시 치고 하는 통에 그 기간이 너무 길어졌고 그러면서 바깥의 길은 녹았다 얼기를 반복하며 빙판을 만들었다.

토벌대에 대한 위험도 더 사라졌지만 그만큼 이곳 사람들이 식량을 구하려 마을에 내려가는 것도 더 어려워지며 식량 문제가 걱정되는 시점이 왔다. 자연스럽게 여기 굴 안을 챙기는 중심이 된 동민 아방은 그런 연유로 근심이는다.

하지만 걱정의 밤이 다시 지나고 굴 밖으로 순찰을 하러 나간 동민 아방은 소복이 쌓인 눈과 잠잠히 내리는 함박눈을 본다.

'뭐가 이리 고와마씸!'

긴장으로 날카로워진 눈이 스을하고 풀려 버리고 '좋다!' 순간 중년의 동민 아방은 아들, 동민이 된다.

등을 수구려 눈을 만지고는 '하아, 보들보들하다.' 부드러운 눈의 촉감을 쓰다듬으며 눈 속에 몸을 파묻을 요량으로 몸을 숙인다. '아, 포근해' 아무리 보들보들 한 함박눈이지만 겨울에 내리는 차가운 눈이 포근하기까지야 하지 않을 텐데 동민이 된 그는 정말 포근한지 눈 속을 파고든다. 엄마 품으로 파고드는 아이처럼!

파고들다 벌러덩 대자로 누운 그는 눈을 감고 계속 내리는 함박눈을 온몸으로 느낀다. 그리고는 결심했다.

'더는 안되겠다. 늦기 전에 애들 눈 자파리를 하게 헐꺼라!'

동민 아방으로 돌아온 그는 결심이 끝나자 새벽부터 서둘러 하르방들을 설득했고 어멍들과 할망들의 동조도 이미 받아 놓은 후 전체 회의를 해서 아방들과 삼춘들의 허락을 받을 생각이다. 덤벙덤벙 일도 잘 저지르는 동민 아방은 나름 치밀하기도 하다.

"어멍, 삼춘덜 좀 모아 줍써."

동민 아방은 어멍에게 부탁하곤 각시를 찾는다.

"아이들 데령오라."

그러고는 이젠 아방에게 갔다.

"아방, 삼춘덜 좀 모아 줘 마씸."

동민 아방이 동동 그리는 사이 할망과 아이들이 굴 중앙으로 모이고 아이들의 어멍들도 따라 모여들고 그걸 보며 동민 아방은 굴 입구에서 죽창을 다듬는 다른 아방들과 청년들에게 오라며 손짓을 한다.

'저 또 뭔 일을 벌기잰허는거?'

동민 아방의 발랑거리는 성격을 잘 아는지라 또 뭔 귀찮은 걸 하게 하겠다 여기는 아방들에게 미리 같이 모의한 창수 아방이 말을 보탠다.

"동민 아방이 뭔가 중요한 일이 이신디 담수다. 어서 가 보게 마씸."

이른 아침 겨우 눈곱만 겨우 떼고 죽창을 손보려 앉은

그들은 굴 안까지 다시 가기가 귀찮다.

"뭐, 뭐우꽈. 창수 아방이 가, 들엉옵써."

움직거리기가 싫었던 영숙 아방은 발로 고개도 돌리지 않고 창수 아방을 부리려 했다.

"뭐랜햄시니, 무사 내가 여기 종놈이라? 확 강 들엉오게 먹을꺼 챙겨 오잰허는 소릴지도 모르는데."

'식량'이라는 말에 어정거리던 다른 아방들도 몸을 일으켜 굴 안으로 내려간다.

"하긴 독이 텅 비기 전에 뭐라도 가져와야 허주게. 숨어 있다 굶어 죽을순 어서!"

순간 재치로 식량 이야기를 꺼낸 창수 아방은 자신의 기지에 만족한다.

'저놈들도 굶긴 싫추게. 흐흐.'

궁둥짝 무거운 아방들이 몸을 일으키는 걸 보고 키득거린다. 하지만 그건 단지 재치로 나온 생각만은 아니고 다른 아방들이 모르던 사실도 아니다.

아침마다 독을 들시는 동민 아방의 안색이 나날이 어두워지는 걸 모를 리 없고 그걸 보지 못했다 해도 눈보라에 꼼짝 못 한 날이 벌써 여러 날은 된 상황에서 겉으로 말은 않고, 있지만 모두 근심이 쌓이고 있던 차였다.

가장 천정이 높아 동민 아방이 바로 설 수 있는 굴 중앙에 사람들이 대충 다 모여든 것 같자 동민 아방은 말을 꺼낸다.

"다들 고생이 많수다. 좀 전에 순찰하러 굴밖에 나가신디양, 세상에나 눈보라는 그치고 대신 함박눈이 곱닥하게 내리고 이십디다."

모이라고 해서 얼떨결에, 식량 의논인 줄 알고 귀찮아도 그렇게 모인 사람들은 때아닌 함박눈 이야기에 웅성거린다.

"경허난 무사? 무신말 허젠 불러서?"

괜히 왔다 싶은 맘에 영숙 아방은 부아가 치밀며 기어이 한마디 한다. 그리고 굴 안 웅성거림은 더 커진다.

"자자 그만 조용헙써."

"이러다 토벌대 놈들 오크라."

"그러니 쉬~"

영숙 아방은 웅성거림이 커지자 무서웠는지 그래도 친구 놈인 동민 아방 편을 들어 주려 그러는지 손까지 흔들며 사람들을 진정시키려 한다.

뜬금없는 동민 아방의 말에 어이없어 아무 생각 없이 떠들던 사람들은 '토벌대'라는 말에 다시 정신을 번쩍 차리고 서로의 얼굴을 쳐다보며 손가락으로 입을 막고 서로를 조용히 시킨다. 굴 안은 곧 다시 조용해지고 숨소리처럼 작은 동민 아방의 목소리는 잘만 들렸다.

"고맙수다."

"그럼 계속 고라봅써"

동민 아방의 말을 듣겠다는 신호가 왔다.

"저기 꼬물거리는 우리 꼬맹이들, 오늘 딱 한 번만 밖에 나가 눈밭에 놀게 해주게 마씸. 우리들이야 순찰이네, 식량 구하네허멍, 경해도 바깥바람 쉬엄수게."

"경헌디 저것들은 혹시나 실수하고 흙을까, 염려되어 우리가 아예 밖으론 나가지도 못하게 꽉 잡아이셨주마씸. 여기 들어완 하늘 혼번 못봐주제. 오늘 샛바람에 제가 둘러보니 그동안 치던 눈보라에 바로 붙어 함박눈이 내리는 통에 눈이 오는 족족 쌓여 움직였다허면 자국이 폭폭 남게 생견, 눈에서 헤엄치게 생견."

"경허난 우리나 토벌대 놈들이나 꼼짝, 못하는 김에 아이들 눈 장난이나 치게 허카?"

152

"하르방들한테는 샛바람에 이미 허락 받안마씸. 아이들한테도 단단히 약조 받고 암 소리도 안 나게 조용히 놀기로만 마씸. 여기서도 말없이 잘 놀거 같으우다. 그리니 경 허게마씸."

말 많던 동민 아방이 그동안 조용하길래 사람이 바꿔 말이 줄었나 했더니 안 한 말들을 오늘 둑 터지듯 줄줄 내뱉는다. 그리고 다른 사람들과 같이 잠자코 손가락으로 입을 막고 있던 정자 삼춘이 손을 번쩍 들어 흔든다. 그 모습을 발견한 동민 아방은 고개를 끄덕인다.

"어, 말해보라"

번쩍 손을 든 요망진 정자 삼춘에게 발언권을 준자 정자는 웃음기 없는 무표정한 얼굴에 눈을 부라리며 말한다.

"다 맞는 말이긴 해 마씸. 경헌디 혹시나 사단이라도 나민 동민 아방이 책임지쿠가?"

정자의 골갱이 모양 뾰족한 말에 굴 안은 다시 술렁인다. 동민 아방은 팔을 펼쳐 진정시키고 다시 굴은 조용해진다. 감사의 인사로 고개를 끄덕이자 정자의 말이 이어진다.

"난 반대우다. 저 꼬맹이들이 하늘 좀 못 본다고 죽음니까?"

"잘못허당 다신 그놈의 하늘이고 함박눈이고 못 볼 수도 이신디 그게 대수꽈?"

정자가 속을 다 털고 앉자 동민 아방이 말을 잇는다.

"맞수다. 경헌디, 여긴 안전해 마씸? 먹을 것도 더 구해 오지 않으면 내일부터 굶을 수도 이신디. 어차피 너무 힘든 상황이라."

"하지만 식량도 구할 거고 신도 지을 거고 옷도 만들 거고, 조 범벅도 할 거 마씸… 뭔 소리냐면, 할 건 다 해야 한다는 말이여. 애도 낳아신디!"

"저놈들 얼굴 누래진거 봅써. 있다간 토벌대 놈들 오기 전에 아이들 먼저 죽게 생견."

동민 아방은 어른들의 회의를 훔쳐 듣고 있던 구석 데기 아이들을 가리킨다.

"저게 사람 새끼꽈? 눈만 '퀭'한게 부엉이 새끼주!"

언성은 높아지지 않았지만, 목소리에 힘이 꽉 차 들고 있다. 굴에 들어온 후 단 한 번도 언성도 목소리에 힘을 준 적도 없이 항상 웃으며 '네, 네 맞수다' 라고 하며 사람들 다독이기만 했던 동민 아방이 지금 이곳에서 한 말 중 젤로 다 센 발언을 하고 있다.

정자도 그걸 아는지라 입술을 꾹 깨물곤 더는 주장을 내세우지 않는다.

"그래, 우리가 감시하고 한 놈도 옆으로 새지 못하게 하지게. 오늘 아니면 언제 또 해보쿠과."

다른 아방들도 힘을 모아준다. 감시하고 챙기겠다는 사람들이 동민 아방 뜻에 따르겠다고 너도나도 뜻을 보이자 영숙 하르방이 일어난다. 하르방 중 젤 발언권이 센 어르신이다.

"개믄 경허게."

간단히 말하고는 다시 신을 지으려 일어서자 다른 하르방들도 함께 한다.

"우리도 가게."

동민 할망은 옆에 앉은 다른 할망들을 일으키며 옷에 묻은 흙을 털고 일어나고 어멍들은 아이들에게 덧옷을 입힌다.

"입 꼭 다물엉 놀라이."

"입 여는 순간 어멍 다시는 못 본다 생각허곡."

"삼춘들이 경계한다고 한데는 절대 넘지 말고, 앞에서만 놀당오라 알아시냐!"

"땀나도 벗지 말고, 꼭 입엉들 이서라."

어멍들은 혼자 걸을 수 있고 말귀 알아듣는 아이들이 눈장난하며 놀 수 있게 챙기고 혹시나 하는 염려로 당부를 하느라 바쁘고 아직 혼자서 걷지도 못하는 아이들 입에 작은 실뭉치를 헝겊에 싼 재갈을 만들어 물리고 그게 입안으로 들어가지 않게 양 끝에 끈을 달아 머리 뒤로 묶는다.

그리곤 들쳐 엎고 굴 입구 쪽으로 모인다. 업은 아이 등엔 으로 짚으로 짠 덧옷으로 덮고 있다.

"여 감저 구워나시난 먹엉 가게."

할망들은 숯 밑에 넣어두었던 감저를 꺼내 입구에 모인 아이들에게 나눠 먹인다. 넉넉한 양이 아니라 아이들은 반을 쪼개, 껍질까지 싹싹 먹는다. 겉에 묻은 검댕으로 얼굴은 숯검댕이가 되고 시커먼 서로의 얼굴을 본 아이들은 소리 없이 빙삭인다.

"삼춘들이 밖을 살피고 오면 나갈꺼여. 나갈 땐 눈을 손으로 꼭 가리고 맹심허영나가라. 눈이 멀 수도 이서 알안?"

동민 아방은 걱정에 꼬맹이들이 눈을 만지기도 전에 겁부터 먹인다.

"나강 먹겠다고 숨겨가민 안된다. 경허당 찌꺼기라도 발견되민 큰일 나메 알안!"

순찰을 돌기로 한 삼춘들이 들어오기 전까지 동민 아방의 걱정은 계속된다. 자기가 한 말이 있어 더 그렇다. 잠시 후 순찰들이 들어오고 아이들은 동민 아방을 따라 굴 밖으로 나간다.

아이를 들쳐 엎은 어멍들은 굴 입구 바로 앞에 나가 입구에 있는 돌바닥에 옹기종이 앉는다. 말귀도 알아듣지 못하는 철부지를 기어 다니게까지 할 수 없는 노릇이나 그래도 이 아이들에게도 굴 밖 세상을 보이고 싶은 욕심에 그러고 있다.

결심에 의논에 또 결심하고 준비하는 사이 벌써 점심때가 다 되어 해가 쨍쨍할 시각이 되었지만 굴 밖에는 아직도 솜뭉치 같은 함박눈이 퐁퐁 쏟아지고 있고 굴 주변은 좀 전보다도 더 많은 눈이 수북이 쌓여 있다.

미리 나가 주변을 빙 둘러싼 삼춘들은 무서운 표정을 하며 경계를 만들고 동민 아방 말대로 눈을 가리고 올라온 아이들은 천천히 손을 때곤 입이 쩍 벌어졌다.

"진짜 이게 다 눈맞아?"

"너무 곱수다"

"와~"

"얼마만에 보는 거?"

아이들은 넋이 나간 듯하다.

동민 아방이 눈 하나를 뭉쳐 동민 머리통에 날린다.

'퍽'

그리고 그게 시작이다.

아이들은 누가 먼저랄 것도 없이 눈을 뭉치고 던지기 시작하고 경계를 서는 삼춘들도 자기 자리에 서서 하긴 했지만, 함께 눈을 뭉쳐 던진다.

눈은 계속 내리고 아이들이 던지는 눈 뭉치는 날아다니고 나중엔 어떤 게 아이들이 던지는 눈 뭉치고 어떤 게 하늘에서 내리는 함박눈인지 구분도 가지 않는다.

맨 끝으로 순자 손을 잡고 나온 동민은 순자에게 날아오는 눈 뭉치를 막느라 정신이 없고 그 모양새에 심술이 났는지 영숙은 순자에게 다가와 동민의 손을 확 빼버리며 째린다. '재미없게 뭐 하메'라는 표정을 짓고는 요망진 영숙이는 동민을 밀치고 순자를 끌고 간다.

눈싸움의 중심으로 순자를 데리고 간 영숙은 눈뭉치를 순자 손에 쥐어주곤 던지라는 신호를 보낸다. 그래도 순자가 머뭇거리자 자신의 눈 뭉치를 순자에게 던지고 나서 다시 던지라고 또 신호를 보낸다. 하지만 그래도 던지지는 않고 이젠 빙삭이 웃자 영숙은 짜증이 나는 듯 째려보고는 창수에게 눈 뭉치를 던진다.

뒤통수에 큰 눈뭉치를 맞은 창수는 놀라 뒤를 보고 영숙이와 눈이 마주치자 창수는 닥치는 대로 영숙에게 눈 뭉치를 던진다. 그 모습을 보고 순자는 소리 없이 깔깔대고 곁으로 와 순자 손에 눈 뭉치를 쥐어주고 같이 던져 주는 동민을 보고도 빙삭이 웃기만 한다.

그림 같다! 화면만 있고 소리 없는 무성 영화 말이다.

그럼에도 영화를 찍는 아이들이나 그걸 관람하는 어른들 모두 최고로 행복하다.

설령 내일이 없다 하더라도 이날은 영원히 기억될 것만 같다. 살벌하게 반대하던 정자 도 아이들이 노는 모습을 보며 빙삭이 웃고 글 입구에 옹기종기 모인 어멍들도 빙삭인다. 아이들이 노는 게 궁금했던지 안에서 신을 짓고 옷을 짓던 하르방도 할망도 엉금엉금 기어 굴 밖으로 나온다.

한참을 즐거움으로 가득 채우던 사람들을 향해 영수는 모이라는 손짓을 한다.

"저 여기 잠깐만 봅써."

영수 삼춘이 한 손으론 길고 큰 상자를 들고 다른 한 손은 흔들며 사람들을 부른다. 즐겁기만 한 사람들이 처음 보는 물건에 으야 해하며 모여든다.

"저놈 뭐램시?"

"저, 저건 뭐하는거라?"

사람들은 영수가 가져온 물건이 뭔지 알 수는 없으나 값나가 보이는 상자에 호기심을 바짝 오르지만, 영수 아방은 그게 뭔지 아는 얼굴로 부아를 내고는 입을 찌그려 꾹 다문다.

"아이고 저놈은 저걸 여까지 가져완! 어쩌자고….'

영수 아방은 아는 물건의 정체에 화딱지를 낸다. 영수가 손에 들고 있는 건 고이고이 귀하게 여기던 자신의 보물 1호 사진기 상자다.

서동 젤의 멋쟁이로 시에서 사진 기술 배운다며 요란을

160

떨더니 그것도 성에 차지 않아 전전긍긍하다 아방 몰래 밭뙈기 하나를 팔아 서울까지 가 사진을 배웠다. 그리고 사진기에 현상하는 약이며 도구를 사와 여기서 사진관을 차리겠다고 겁도 없이 선포했지만 불같은 성미의 아방한테 걸려 개작살이 나고 사진관은커녕 방에 갇혀 달포 넘게 바깥출입도 못했다.

영수의 '꿈을 향한 기세 좋은 반란'은 그렇게 끝이 났고 그때 사 온 사진 도구들만 남았다. 아방이 그것까지도 다 박살낸다는 걸 영수는 온 몸을 던져 막으며 포장지도 뜯지 못한 사진기며 현상 도구들을 장롱 깊숙한 곳에 숨겼다. 그리고 이번 피신 길에 가지고 온 것이다.

그것들을 가지고 굴로 올 때도 사실 난리가 났었다.

아방은 그까짓 것 대신 먹을 것 하나라도 더 챙기라 하고 영수는 이걸 여기 놔두면 모리배 놈들이 다 가져갈 거라며 못 가져가게 하면 자기도 사진기랑 집에 남을 거라 우기는 통에 대갈통을 박 터지게 맞아가면서도 기어이 가지고 온 소중한 물건이다.

그렇게 사연 많은 귀한 새 사진기를 영수가 꺼낸 거다. 그건 자신의 목숨을 바치겠다는 거나 다름이 없는 몸짓이다.

"자 여기들 모입써."

손짓에 주춤거리던 사람들이 너무 더디게 모이자 조용히 말을 꺼내 속삭인다.

"어서들 저기 강 섭써. 너네도 눈싸움 그만행 저리 강 서라."

"형님들도 어서 도와줍써."

마음이 급한 영수는 아이 어른거릴 것 없이 다들 한곳으로 몰고 있다. 굴 입구 쪽으로 거의 다 모였을 때 검은 상자를 열고 사진기를 꺼낸다. 삼발이가 달린 사진관용 대형 사진기다.

"내가 오늘 기분이 너무 좋아 사진을 찍지 않고서는 도저히 넘어갈 수가 어선 한턱 쏘는 거난 군소리 말고 어서들 서 봅써."

"이거 돈 주고 찍으려면 얼마짜린 줄 알암수과?! 큰 돈 주고 배운 기술이우다!"

"경허고 이것도 서울에서도 젤로 다 비싼 사진기우다."

영수는 소곤소곤 잘도 지껄인다. 아이들에겐 말 한마디 못하게 해놓고 자기 자랑에 쉼이 없다. 기가 차 아들 하는 꼬라지를 빤히 쳐다보던 영수 아방은 아들에게 달려들 듯 다가가선 대갈통에서 '빽' 소리 나게 쥐어박는다.

"조용히 하고 찍기나 하라게. 경허고 이게 마지막인 줄 알아, 알안!"

영수 아방은 아들의 귀에 대고 협박한다.

"내가 기어이 오늘 저거 박살을 낼 테니….'"

"다들 모입써. 울 아들이 그래도 서울 강 배워온 기술마 씸."

"언제 또 이런 날이 이시쿠가. 빨리, 한 방 박고 안으로 들어가게마씸."

"너희들도 오라."

영수 아방은 눈 자파리에 빠진 아이들을 손으로 불르자 경계를 서던 삼춘도 놀던 아이들을 챙겨 어른들 앞에 앉히고 그렇게 굴 입구에 모여 각자의 적당한 자리를 잡고 옆 작은 궤에 있던 젖먹이와 애 어멍도 다 데리고 나오면서 굴 안 모든 식구 모두가 다 자리를 잡는다.

그사이 영수는 사진 찍을 준비를 마치고, 숲길 입구를 등진 채 굴 입구를 보며 사진을 찍는다.

함박눈 펑펑 오는 낮 유희의 마지막 '잔치'다.

해가 지고 어둠이 짙어지자 동민은 아방에게 슬그머니 간다. 누울 사람은 일찌감치 자리에 누운 시각이다. 굴에서는 해가 지면 순찰을 하는 삼춘들 말고는 일찍 자리에 든다. 할 것도 없었고, 움직여 봤자 배고픔만 빨리 오기에….

"아방!"

동민은 죽창을 만지고 지푸라기를 모아 동여매는 아방에게 말을 건다.

"잠 안왐시냐?"

다정한 동민 아방은 아들이 뭐 땜시 이렇게 자기를 찾는지 안다. 눈치가 빠른 이유도 있었지만, 눈 자파리를 하고 낮에 다시 굴로 들어오고 나서도 굴 안쪽 자기들 놀이터엔 가지도 않고 입구 쪽만 보며 여태 있던 아들을 보고 눈치를 못챌 수는 없다.

"눈 자파리 하고 싶엉?"

자기 맘속에 들어갔다 나온 것 같이 말을 하는 아방을 보는 동민의 눈빛에 간절함이 뚝뚝 떨어진다.

"이서 보라"

동민 아방은 창수 아방과 영숙 아방에게 가서는 뭐라고

수군대더니 동민 아방은 굴 안쪽으로 간다.

그곳에는 동민 또래 아이들이 노는 놀이터가 있다. 천정이 너무 낮아 어른들은 들어가기 힘든 곳이지만 호리호리한 동민 아방은 기어서 잘도 간다. 그곳에는 영숙과 창숙 그리고 순자와 다른 또래 아이 몇 명이 있다. 다 합해 서너명 정도가 된다.

우선 제일 요망진 영숙을 보고 눈을 마주친다. 눈치 빠른 영숙은 눈이 동그래지며 동민 아방에게 쪼르르 다가오고 동민 아방은 영숙에게 귀엣말로 여기 노는 아이들 굴입구 쪽으로 오라고 전한다.

싫다고 하거나 따라오지 않은 아이는 그냥 놔두라는 말로 잊지않고 한다. 동민 아방이 먼저 굴 입구로 가고 조금 있으니 영숙이 순자 손을 잡고 창수랑 서윤이 해동이 그리고 경순이까지 데리고 온다.

굴 입구에는 동민과 함께 영숙 아방, 창수 아방은 물론 낮에 사진까지 찍어준 영수도 모여 있다. 동민 아방은 모일 사람이 다 모인 것으로 판단하고 앞장서, 굴 밖으로 나간다. 굴 밖엔 눈도 그치고 바람도 잠들어 있다.

단지 그사이 더 내린 함박눈으로 어른 키만큼의 눈이 쌓

165

여 있을 뿐이다.

창수 아방과 영숙 아방은 순찰을 한 후 굴 앞 눈을 적당히 치워 놓아 아이들이 눈 놀이를 할 수 있게 공간을 만들어 놓았다. 하얀 눈의 성안으로 들어간 아이들은 좋아라며 여지없이 눈을 뭉친다.

이번엔 하늘에서 내리는 함박눈도 없었고 노는 아이도 얼마 되지 않아 그리 활기찬 눈 자파리는 일어나지 않는다. 그래도 일단 이건 해야 한다는 듯 아이들은 눈 던지기를 하지만 순자는 눈을 모아 굴리기만 한다. 작은 솜방망이 같은 덩어리가 얼굴만 해지더니 동민 아방 머리통만 해진다.

그걸 본 영숙은 눈 던지기를 멈추고 순자가 굴리는 눈 덩어리를 같이 굴리고 다른 아이들도 다른 눈 뭉치를 만들어 굴린다. 아이들은 이젠 눈 굴리기에 여념이 없다.

아이들의 노는 모습이 너무 귀여웠던 아방들은 다가가 아이들이 만든 눈 뭉치 위, 아래를 붙이고 안으로 들어가 숯 찌꺼기 몇 개를 가져와 위에 있는 눈 덩이에 붙인다.

하얀 눈에 까만 눈이 만들어졌다. 영수도 굴 입구에 떨어진 지푸라기 몇 개를 가져와 아래 눈 덩어리 양옆으로 끼운다.

눈사람이다!

눈사람 세 명이 아이들을 향해 웃는다. 순자는 꿈을 꾸는 것만 같다. 순자 눈엔 아방 눈사람, 어멍 눈사람 그리고 자기 눈사람인 듯 보인다.

자기가 어멍, 아방이랑 같이 웃고 있는 것 같다.

이 모든 걸 영수는 한발 뒤에 떨어져 본다.

'이걸 찍어야는데… 밤이라… 밤만 아니면….'

영수는 번쩍하는 후광이 무서워 감히 사진 찍을 엄두를 내지는 못하지만 너무나도 아름다운 광경에 설레고 있다. 역시 서동 제일의 멋쟁이 사진사답다.

순자도 영수처럼 눈사람을 한 발 떨어져 보려 삼춘 옆으로 가서 촉촉한 눈으로 눈사람을 보는 영수의 손을 꼭 잡아 주고 영수는 그런 순자를 내려다본다. 어린 시절 기를 쓰고 따라다니며 좋아하던 정우 형의 딸 순자를 본다. 지금 순자 만했을 때부터 그랬던 거 같다.

순자 만했을 때 영수는 물에 빠졌었다. 바닷가에 있는 아랫마을에 놀러 갔던 영수는 바다 수영을 한 번도 해보지 않았음에도 호기로 바다에 덥석 뛰어들었다가 죽을 뻔

했다.

　다행히 같은 마을 큰형이던 정우가 구해주며 죽다 살아
났고 바닷물을 한껏 먹어 정신을 못 차린 자신을 들쳐 업
고 집에까지 데려다줬다.

　그때도 겨우 물에 빠져 살아간 집에서 화가 난 아방한테
맞아 죽을 뻔했지만 그걸 또 막아 준 게 정우 형이다. 그날
이후 영수는 정우만 쫓아다녔다.

　그런 정우형이 갑자기 사라진 그 날까지!

　아름다움을 아쉬움으로 뒤로한 영수는 순자를 데리고
굴 옆 작은 궤로 간다. 그곳에는 영수의 사진기와 함께 영
수가 만들어 놓은 암실이 있다.

　아무도 이곳으로 오지 않을 때 만들어 놓은 암실은 애
어멍과 젖먹이들이 오면서 한옆으로 밀려나긴 했지만 그
래도 다 모인 굴보단 덜 어수선하다.

　나뭇가지를 묶어 문 같은 걸 만들어 경계로 삼은 작은
궤 젤 안쪽으로 들어간 영수는 오늘 찍은 사진을 현상한
다. 아방한테 욕이란 욕은 다 얻어먹으며 산 자신의 첫 사
진기로 찍은 첫 사진을 현상액에 넣자 흐릿흐릿하다. 뚜렷
해진다. 함박눈을 맞으며 웃고 있는 굴 식구들이 보인다.

순자도 영수 옆에서 웃고 영수는 자신의 첫 사진을 순자에게 꼭 쥐어준다. 행복이 차고 넘쳐 하나의 은하수가 되듯 두 번 다시없을 오늘이 그렇게 사라지고 있다.

16. 토벌대

새 아침이다.

하지만 여느 때와 달라진 게 없는 그런 시간이 시작되고 있다.

어멍들은 조 범벅을 만들고 아방들과 삼춘들은 지푸라기를 묶는다. 죽창도 잊지 않고 손을 보고 어젯밤 눈이 그치며 굴 안은 눈보라가 치기 전과 같은 일상을 다시 한다.

숯 만들기나 불을 사용하는 걸 멈추고 순찰을 더 강화하며 주면 정리에 한결 신경 쓴다. 차가운 조 범벅을 감지덕지하며 삭삭 비운 난 동민 아방은 다른 아방들과 삼춘들을 굴 입구로 모은다.

"이젠 독이 비었쪄. 감저며 지슬도 몇 알 어신게 아망해도 이젠 내려갔다 와야 되쿠다."

심각한 분위기는 금세 전해진다.

"지금은 눈이 너무 하영 쌓여신디. 눈 치우멍 돌아오는 게 쉽지 않을 것 같수다."

아침 순찰을 하고 온 영수의 걱정이다.

"그럼 어떡허믄 좋을것닮수과?"

영숙 아방은 큰 머리를 감싼다.

"사람들이 먹으려 둔 것들이 있을 수 이서마씸 그러니 너무 조급해 하지말게마씸."

창수 아방은 자신의 보따리에 꼭꼭 숨겨 놓은 보리쌀 한 됫박을 떠 올린다.

"경허민 좋지만…."

하지만 함께 먹는 식량 독이 텅 빈 지금 각각의 개인 비상식량에 의존해서 무작정 버틸 수는 없다.

"아마 토벌대 놈들도 오늘은 눈 치우느라 꼼짝도 못할 것 닮수다. 빨라도 낼이나 움직거릴꺼고, 그럼 우린 낼 밤에 움직이게 마씸."

고민 끝에 내린 제안에 모두 좋은 생각이라 하며 찬성하자

"낼 밤엔 나영 누가 같이 가쿠가? 창덕이가 몸이 빠르니 창덕이 같이 가면 좋으키여 마는…."

동민 아방은 창덕을 생각하며 두리번거리지만 항상 함

께 회의하던 창덕이 보이지 않는다..

"창덕이 어디 간?"

서로의 얼굴을 보며 없는 창덕을 찾지만 아무도 창덕의
행방을 모른다.

그때 영수가 아는 척을 한다.

"아, 아 창덕, 그놈은 내 암실에서 자멘마씸. 현상하는 거
구경하케허멍…. 허허허."

영수는 어색한 웃음으로 머리를 긁적인다.

그래도 사람들은 다들 그런 줄 알고 넘어간다.

"그럼 누가 나랑 갈꺼?"

동민 아방의 말에 영수는 손을 번쩍 든다.

"나가 고치 가쿠다. 헤헤."

오늘따라 영수가 이상하다.

"순찰도 내가 허곡. 어제 사진 현상하느라 너무 처박혀
있었더니, 하하 바깥 공기가 막 그리원마씸. 하하하."

역시 이상하다.

순찰이라도 시킬까 봐 맨날 사진도 없는 자신의 암실로
도망치는 통에 아방이 대신해 줄 때도 여러 날이었던 영
수가 순찰까지 자진해서 하겠단다. 그것도 어제 현상하느

라 잠도 제대로 자지 못한 영수가 말이다. 하지만 사람들은 또 믿는다.

'저놈 철드는 거어? '낼 해가 서쪽에서 뜰꺼! 잘됐네. 난 오늘 삭신이 쑤셔 잠이나 더 자려 했는데~'

겨울 해는 빨리 진다. 길었던 눈보라와 폭설이 끝나고 오랜만에 맑은 날인 오늘은 따뜻한 햇볕으로 그간 쌓인 눈을 급히 녹인다. 어젯밤 만든 세 명의 눈사람도 저녁 무렵에는 형태가 무너져 알아볼 수도 없다.

"순찰 다녀오쿠다."

영수는 눈 올 때 구워 놓은 익은 감저 한 알을 후딱 먹곤 서둘러 나간다.

"무사, 좀 있다 갑써."

막 저녁을 들려는 다른 삼춘들은 오늘따라 이상한 영수 뒷꼭지를 본다. 하지만 고개도 돌리지 않고 팔만 흔든 영수는 어느새 굴 밖으로 사라지고 곧 어둠이 내리고 사방이 검게 변한다. 순찰을 나간 영수가 한 시각도 되지 않아 굴 안으로 들어 닥친다.

"양~ 토벌대가 왐수다~"

씩씩거리는 숨을 몰아쉬는 영수의 얼굴은 검붉게 타오

르는 횃불 같다.

"지금쯤 숲 입구로 들어서고 있을 거우다."

굴 안에서 각시랑 아들과 순자를 재우던 동민 아방이 급히 나오고 다른 아방들과 삼춘들도 놀라 입구로 모인다.

숨을 고르는 거였는지 아니면 어제 자신이 한 거짓말을 피 터지게 후회하고 있어 도저히 말을 잇지 못하는 건지 영수는 뒤이어 나온 그 말을 양손으로 얼굴을 감싸며 울부짖듯 씹어 뱉는다.

"…그 씹어 먹을 창덕 놈이…. 앞장을 서고 이신게 마씸! 씨부럴, 창덕 그놈 앞장서 길을 터 주고 있다고 어제 어멍 보고 오겠다고 고집 피울 때 알아봐야 했는디. 정말 어멍 군불만 때주고 오겠다고 하도 사정하길래…."

"잘못 해수다게. 흑흑. 내가 미쳤지게 흑흑흑."

한탄에 발만 동동 구르는 영수의 말에 그동안 꾹꾹 참고 있던 굴 안 마을 사람들의 무서움과 분노가 터진다. 굴 안은 순식간에 얼어붙고 근처에 토벌대가 온다고만 해도 심장이 꺾어질 그것 같을 상황이었을 건데 여기서 함께 있던 창덕이 길잡이를 하고 있단 말에 이제 다 죽었구나 하는 소리가 여기저기서 곡소리가 되어 울린다.

"경허믄, 다른 데로 도망가야허쿠게?"

"영 한 사람들이 어디로 가 마씸."

"젊은 게 노망도 아니고. 미친큰게."

놀란 가슴에 사람들은 흥분해 웅성거리고 원망과 질책이 난무하자 굴 안은 소음으로 꽉 찬다. 그때였다.

영숙 하르방이 입을 꾹 다물곤 나무 작대기를 쥔 손을 번쩍 든다. 흥분해 어쩔 줄을 모르던 사람들은 서로를 진정시키며 굴 안은 서서히 조용해진다.

"하던 대로 하게 마씸. 숲 입구에 들어섰다고 하지만 이곳까지 온다는 보장도 없고 이리 떠들면 도리어 우리가 어딨는지 고라주는 거밖에 더 되쿠과?"

영숙 하르방 말에 사람들은 고개를 끄덕인다.

"어르신 말씀이 마자마씸. 훈련한 데로 각자 위치에 강 있게."

"영수는 몇 명 더 데리고 확 나가보라."

"낌새를 보멍 연락 해주고이."

영숙 하르방 덕에 그나마 진정된 사람들을 동민 아방이 움직인다.

일사불란하게 각자의 위치로 간 사람들은 각자 맡은 몫

에 집중하고 아이들은 굴 맨 안쪽으로 몰아넣는다. 그 앞을 어멍들이 지키고 할망과 하르방들은 그 옆에서 죽창을 든다. 젊은 삼춘들과 아방들은 굴 입구에 지푸라기 단을 쌓고 만들어 여차하면 불을 붙여 토벌대가 굴 안으로는 들어오지 못하게 방비를 하고 각자 손에 무기 될 만한 죽창이며 골갱이를 든다.

추운 굴 안에서 땀 흐르는 소리가 들린다.

영수와 순찰 갔던 정봉이 좀 전 영수보다 더 급히 굴 안으로 들어온다.

"여기 오는 게 분명해 마씸. 창덕 놈이 피천지가 되어 온몸을 동아줄에 묶여 신디 고개를 이쪽으로 가르켠마씸."

울듯이 소식을 알린 정봉은 다시 굴 밖으로 뛰쳐 나가고 각자의 위치에서 '설마 설마 하며 오지 마라, 오지 마라.'를 기도하던 사람들은 절망의 신음을 뱉고 주저앉는다.

누군가가 곡을 하듯 울자 여기저기서 울음소리가 번지고 상을 당한 상주처럼 몸을 흔들며 넋을 놓기도 한다. 두려움에 사람들의 마음은 풍비박산 나고 엉망이 된 굴 안에 목청 좋은 동민 할망의 소리가 울린다.

"고만 웁써. 누가 죽어서?"

"우린 우리 새끼 지키면 되주. 정신 줄 똑바로 차리라 게."

그때 나갔던 영수 정봉이 두식이가 다 굴 안으로 들어온다.

"저기 꺾어지는 곳까지 왔수다."

영수는 숨이 막힌 듯 얼굴이 벌게진 채 주저앉는다. 굴 입구로 나간 동민 아방은 멀지 않은 곳에서 붉은 횃불과 연기가 오고 있는 걸 본다.

"토벌대다!"

동민 아방은 몸서리를 친다. 다급히 안으로 들어온 동민 아방은 입술을 꾹 깨문다.

"어서 움직입써."

동민 아방의 이 한마디에 모두는 황급히 움직인다. 하도 훈련한 탓인지 사람들은 이제는 놀래기보다는 훈련한 대로 자신의 몫을 다하기 바쁘다.

위치로 가서 여차하면 싸울 준비를 단단히 한다. 그것만이 자신의 목숨줄을 물론 새끼를 지키고 가족을 지키는 유일한 길인 걸 모르는 이는 없다.

오래 숨어 있었다! 짧게는 달에서 길게는 여러 달을 그렇게 해가 바뀌게 굴 안에서 기거한 이들이다.

"동민 아방, 이제 뭐허코?"

동민 아방의 다음 지시를 기다리고 동민 아방이 결단을 해야 할 때가 왔다. 하지만 이건 시작하면 끝을 봐야 할 일이라 아이들이 그걸 감당할 수 있을까? 하는 걱정에 멈칫하고 그사이 토벌대의 '웅성임'이 들린다.

더는 지체할 수 없다! 그런데 동민 아방은 입을 열지 못하고 있다. 그때 동민 할망이 다시 나선다. 아들놈의 뒷통수를 '퍽' 하고 갈긴다.

"정신 차리라게."

"네놈 말만 기다리는 우리들은 보이지 안햄샤?"

동민 할망의 쩌렁쩌렁한 목청은 굴 입구를 흔든다.

"형님, 들엄수과?"

"네에!"

영수도 동민 아방을 흔들지만 어멍의 말도 영수의 말도 왕왕거릴 뿐이다.

동민 아방은 걱정에 파묻힌 거다!

동민 할망은 더는 아들만 믿고 있을 수 없단 판단이 서자 목청을 더 높인다.

"겁먹지 말라."

"분산 떠는 거 멈추곡!"

"죽고 싶어 환장핸?"

"경허곡 내 말 똑바로 들으라."

"아방들은 지푸라기 단에 불을 붙여 연기를 피우고…."

"어멍이랑 할망 하르방은 애들 챙겨 굴 제일 안으로 들어가라게."

"지난번 파 놓은 굴 거기! 알암시냐."

호랑이 할망으로 통하는 이 동네 토박이 동막 할망이 결국 나서 장군처럼 지휘하고 모두는 군소리 없이 할망의 기세에 다시 일사불란하게 움직인다.

그사이 창덕을 길잡이로 한 토벌대는 굴 입구가 보이는 곳까지 들이닥치고 굴 입구에서 숨어 망을 보던 창수 아방은 굴 안으로 급히 들어온다.

"바로 앞에 완 마씸."

그 말에 동민 할망은 마지막 목청인 양 우레같은 소리를 지른다.

"혼저 시작허라."

그리고는 동민 할망도 굴 안으로 깊숙한 곳으로 가다,

도망도 못 가고 혼자 남아 양 귀를 막고 쭈그리고 있던 순자의 손을 꽉 잡는다.

"할망이랑 같이 가게."

순자의 손을 꽉 부여잡은 동민 할망은 순자에게 눈을 맞추곤 냅다 뛰기 시작한다.

삼춘들과 아방들은 불을 피워 연기를 만들고 굴 안은 메케한 연기로 앞을 볼 수도 숨을 쉴 수도 없게 된다.

젤 안쪽으로 파 놓은 굴로 아이들을 데리고 간 어멍들은 연기가 여기까지 들어오자 급히 치마를 찢어 침을 묻혀 아이들 얼굴에 묶어준다. 조금이라도 연기를 덜 마시게 하려는 거다.

입구에 도착한 토벌대는 안으로 들어오려 기를 쓰지만, 입구에서부터 자욱하고 매캐한 연기와 삼춘들의 죽창에 쉽사리 안으로 들어가지 못하고 들어가다 나오다를 수차례 반복한다. 혈투다!

시간이 너무 길어지자 토벌대 대장은 도저히 이렇게 해선 안 되겠다 싶었는지 부하들을 강제로 위협하며 죽기 살기로 공격하고 숨도 못 쉴 정도의 연기로 꽉 찬 굴로 토벌대들이 들이닥치고 안에서 입구를 지키던 삼춘들과 아방들은 남녀를 가리지 않고 죽창으로 토벌대를 막는다.

그 사이 총성과 총칼의 공격이 시작되고 삼춘들과 아방들은 죽기로 죽창을 찌르고 골갱이와 낫으로 토벌대를 내리친다.

어두운 밤 검은 굴 안 짙은 연기로 바로 앞도 볼 수 없는 여긴 이곳에서 오래 생활하며 적응한 감으로 느낌으로 적과 식구를 구분하고 그리 항거한다. 피비린내와 절규가 굴 안을 뒤흔든다. 굴 안 식구들은 죽기로 항거한다.

정신도 못 차리게 하는 상황이 지속되며 아이들이 있는 깊숙한 곳까지 토벌대가 밀려오며 그곳 맨 앞을 지키던 동민 할망이 사정없이 골갱이를 휘두르고 다른 할망들도 낫이며 골갱이를 휘두른다. 하르방들은 죽창으로 막아섰지만 건장한 장정 토벌대를 나이든 할망 하르방이 막아선다는 건 힘에 부치는 일이다.

아이들의 비명소리에 어멍들도 반격을 시작하고 닥치는 대로 무기를 들고 죽기로 싸운다. 하지만 그 또한 힘에 부치는 일이었다. 동민 할망은 이렇게 해서는 다 죽겠다 싶은 생각이 들었다.

"나가들 가게. 뛸 수 있으면 뛰라."

"나가는 족족 알아서들 살 궁리 찾으라. 어멍들은 애들 꼭 챙기곡!"

"동민 어멍아, 동민은 너가 꼭 챙기라 알아시냐. 난 순자 챙기마."

동민 할망 말이 끝나기가 무섭게 어멍들은 자기 자식인지 아닌지 짙은 컴컴함에 아무것도 보이지도 않은 굴 안에서 손에 잡히는 아이가 제 자식이라 여기며 아이를 잡아채 앞으로 나간다. 토벌대며 삼춘들 그리고 아이들을 살리려는 어멍들이 뒤섞이며 엎어지고 밟히고 총과 죽창이 피를 튀기며 굴 안은 생지옥이 되어간다.

이 밤은 그리 잔인하고 길다.

동막 할망의 손을 꼭 부여잡고 있던 순자는 선두에 서 골갱이를 휘두르는 동민 할망에 매달리듯 뛰듯 전진한다.

순자는 걷는지 끌리는지도 모르게 뛰었고, 꿈속인지 현실인지 분간 못 할 정도로 정신없이 뛰고 뛴다. 한참 후, 어느 순간 순자는 걸음을 멈추고 고개를 돌리자 주변엔 허연 눈밭만 보인다. 굴 밖으로 나온 것이다!

주변엔 아무도 없다. 혼자다!

어딘지도 알 수 없다. 분명한 건 굴에서 멀리 온 것 같다
는 것뿐이고 울고 싶었으나 울지도 못한다는 것뿐이다.

그때 조용한 숲속에서 뭔가 '뚝뚝' 하고 떨어지는 소리
가 들리고 섬뜩함을 소름을 느끼며 어멍 아방이 죽던 그
날이 기억난다. 자신의 오른손에서 그때의 그 서늘함을 느
낀다. 죽은 어멍의 시신에 깔려 느꼈던 그 서늘함을!

순자는 천천히 오른쪽 아래로 눈을 돌리다, 자신의 오른
손이 꽉 잡은 피범벅 손 하나를 본다. 그리고 그 자리에서
의식을 잃는다!

검은 밤 군데군데 눈이 녹아 있는 숲 허허벌판 그 눈밭
에 순자는 오랫동안 그리 있다. 아주 오래 후 또 다른 검은
밤에 의식을 깬 순자는 자신의 서동인 그 굴로도 마을 서
동으로도 돌아가지 못하고 오랫동안 숲에 숨어 걷다 뛰기
를 반복한다.

17. 순자

"할머니!"

"할머니~"

"할머니~~"

여러 명의 남녀가 흩어져 누군가를 찾는다.

할머니를 부르는 걸 보니 누군가의 할머니인 분이 길을 잃은 모양이다.

하늘은 금세 어두워질 것만 같다.

"도대체 어딜 가신 거지?"

"해가 지면 위험한데!"

흩어져 찾던 사람들은 찾는 이가 보이지 않자 걱정에 휩싸인다.

때는 겨울이라 추웠고 저녁이라 이미 어둑해지고 있었다. 제주도 서쪽 끝 중산간에 있는 노인요양원 직원들은 저녁 식사 시간이 되어 서야 할머니가 없어진 걸 알고 급히 찾고 있다. 찾은 지는 30여 분도 되지 않았지만 언제 없어진지 모르는 상황이라 무슨 일이 일어났을까 하는 걱정에 요양원은 발칵 뒤집힌다.

"원장님, 경찰에 신고해야 하지 않을까요?"

함께 할머니를 찾던 남자 직원은 슈트 안주머니에서 휴대폰을 꺼낸다.

"잠시만요. 경찰이 오는데도 시간이 걸리지만, 이 상황에선 신고가 힘들 수도 있어요."

"우리 이곳을 한 번 더 찾아보죠. 그래도 못 찾으면 그때 신고해도 늦지 않을 거예요."

원장은 침착하게 말하고는 있지만, 애가 타는지 연신 입술을 깨물다.

"설마, 이제는 걸음도 잘 못 걸으시는데. 아닐 거예요, 무릎 수술까지 하신걸요."

남자 직원은 손사래를 치며 아닐 거라 한다. 그때 억새 숲을 헤치며 원장과 남자 직원 쪽으로 뛰어오는 간호사가 보인다.

"엄마가 없어졌다고요? 도대체… 언제 없어진거래요?"

모두가 나서 찾고 있는 할머니를 엄마라고 하는 걸 봐서 지금 찾는 분은 간호사님의 엄마임이 분명하다.

"그리 잘 부탁드렸건만 매번…."

지금, 이 상황이 원망이 되는지 중년의 간호사는 원망 어린 말을 한다.

"미영씨, 섭섭하게 왜 그러세요. 저희가 얼마나 신경을 쓰는지 아시면서…."

원장은 못내 서운했는지 화가나 홱 하고 돌아서 요양원 쪽으로 간다.

"경찰엔 제가 신고하고 올게요."

억새밭을 헤치며 언덕 위에 있는 요양원으로 원장이 사라지자 남은 댓 명의 직원들은 할머니를 부르며 계속 찾는다.

"할머니~"

"엄마~~"

박미영, 그녀는 이제 막 40대에 들어선 간호사로 여기 시골 요양원에 있기는 서울 큰 병원에서 수간호사였던 미영은 엄마 걱정에 함께 이곳으로 취업을 했다.

요양원 입장에서는 직원의 가족을 돌보는 것도 부담스럽고 환자의 가족을 취업시킨다는 건 정말 내키지는 않은 일이었으나 워낙 경력이 좋은 데다 미영과 순자의 사정이 너무 간절해 보인 나머지, 미영이 예전에 받던 급여가 아닌 이곳 규정에 따른 신입 간호사 급여를 받는다는 조건으로 근무를 허락했다. 그리고 미영이 이곳에서 엄마와 생활한 지 1년째다.

엄마는 이제 여든쯤이다. 엄마의 나이는 사실, 정확하지 않다. 호적도 없이 떠돌다 고아원에서 성장한 엄마는 그전 기억이 없는 듯했다. 거기다, 언어 장애가 있는 엄마는 어릴 때 크게 화상을 입었는지 오른손은 손가락이 다 녹아 손과 붙어버려 주먹 손인 오른손과 왼손으로 모든 걸 해주시던 기억이 아직도 생생하다.

신기하게도 도저히 못 할 것 같은 일들도 척척 해주시는 엄마를 보며 어릴 때는 엄마가 요술쟁이라 말을 못해도 잘 알아들었고 요상한 손으로는 마법을 부린다고 생각했었다. 아빠 없이 자신을 마음으로 낳고 키운 엄마는 미영에게는 항상 하늘이고 땅이었다.

그랬던 엄마가 작년부터 치매기를 보이시며 가출을 밥 먹듯이 했다. 그때마다 엄마 여기 서쪽 중산간 마을에 와 계셨다. 마을 곳곳을 헤매다 근처 숲에서 발견되곤 하셨다. 그것도 항상 같은 숲에서 말이다.

서울 종합병원에서 수간호사를 하던 미영은 엄마의 가출이 반복되자 서울 생활을 정리하고 고향인 제주로 내려왔지만 갑작스럽게 중증을 보일 때면 간호사인 미영조차 혼자서는 감당이 힘들었다.

엄마는 절대 제주를 떠나지 않겠다고 한 걸 어릴 때부터 알고 있던 터라 제주시에 있는 시설 좋은 요양원을 중심으로 알아보고 있었다.

하지만 엄마는 정신이 돌아올 때면 제주시는 안 간다고 하시고 함께 가보려 해도 도망치기 일쑤였다. 그러면서 증상이 심해질 때는 꼭 이 동네에서 발견되는 일을 반복적으로 발생되었다.

미영은 아예 여기 마을에 있는 요양원으로 알아보게 되었고 작은 산간 마을인 이곳엔 장애가 있는 치매 노인을 받을 수 있는 요양원이라는 이곳으로 모셨다.

이젠 아예 어둠이 짙게 내려 앉았고 미영의 속은 시커멓게 타들어 간다. 이곳에 처음 왔을 때는 적응도 잘하고 증세도 좋아지는 것 같았다. 그러나 이곳에서 생활한 지 석달 때쯤 되었을 때 엄마가 또 사라지면서 요양원은 발칵 뒤집혔었고 엄마는 한시 각쯤 지나 근처 숲속에서 발견되었다.

그곳은 4·3 때 이 근방 사람들이 숨어 있던 곳으로, 지금은 쇠로 만든 철책이 처져 굴 안에 들어가지 못하게 되어있다. 그곳에서 처음 발견된 엄마는 철책 사이사이에 다리를 끼우고 아이처럼 흔들고 계셨다.

그곳은 제주도에서 관리하는 곳이라 훼손하면 안 되었기에 깜짝 놀라 엄마를 그곳에서 데리고 나오려 했지만 완강한 힘으로 철책을 부여잡고 떨어지지 않으려는 통에 야단법석을 떨었다. 그 이후 한 번 더 그런 일이 있으면서 엄마는 그곳 노인요양원의 요주의 문제인물이 되었다.

"아무래도 더 늦기 전에 굴 쪽으로 가 봐야 할 것 같아요."

미영은 해가 지자 휴대폰에 있는 렌튼 앱을 켜고 불을 밝히고 엄마가 가던 굴을 향해 무작정 뛴다. 하지만 그리 가깝지 않은 거리였기에 함께 할머니를 찾던 남자 직원은 미영의 등 뒤에서 소리친다.

"박 간호사님, 저는 차를 가지고 그쪽으로 바로 갈게요."

이미 어둠이 다 내려버린 지금 거기까지 걸어간다는 건

무리가 있었다. 더구나 비포장도로이긴 하지만 차로가 되어있는 곳을 말이다.

"네, 정 실장님 부탁해요."

미영은 급한 마음에 뛰기는 했지만, 같이 찾던 정 실장님 말이 맞는다는 걸 알기에 고마웠다. 자신보다 어리긴 하지만 여기 토박이인 정 실장은 합리적이면서 다정해 요양원 직원은 물론 계시는 어르신들이 가장 좋아하는 직원이었다.

엄마도 정 실장만 보면 수줍은 소녀같이 변하는 통에 가끔은 당황스러워질 때도 있었다. 무서움도 못 느낄 만큼 다급하게 뛰어가던 미영은 곧 정 실장이 모는 차의 클랙슨 소리를 듣고 멈춘다.

환하게 라이터를 비추고 달려오던 차에 탄 미영은 금세 굴 입구에 도착한다. 그리고 오열을 한다.

"엄마~"

차에서 뛰어내린 미영은 굴 입구 철책에 그 두꺼운 색동이불을 덮어놓고 쓰러져 있는 엄마를 본 것이다.

눈이 내린다!

엄마를 보자마자 뛰어간 미영은 엄마 위로 쌓인 하얀 함박눈에 절규하며 엄마를 안는다. 차갑게 식어버린 엄마의 등을 부여잡자 옆에 있던 감저 몇 알이 굴러 굴 안으로 떨어진다.

"몸이 냉골이에요. 어서 옮겨야 해요."

함께 간 정 실장은 차에 있는 모포를 꺼내 둘둘 감은 후 바로 차에 모시고 요양원에 전화를 건다.

"순자 할머니 찾았습니다. 앰뷸런스 준비해주세요."

전화를 걸고 요양원에 도착하자 미리 대기하고 있던 요양원 앰뷸런스로 할머니를 옮기고 근처 큰 병원으로 달린다. 미영과 정 실장이 함께 간다.

미영은 정신이 반쯤 나간 것 같다. 얼음장 같은 엄마가, 엄마가 아닌 것만 같다. 앰뷸런스 안에서 미리 대기하고 있던 다른 간호사가 응급처치하는데도 호흡은 돌아오지 않는 것을 보면서도 멍하니 있을 뿐이다. 미영은 어찌해야 할지 도저히 알 수가 없다.

18. 순자야 놀자

환한 밝은 빛에 순자는 눈을 뜬다. 눈이 부서 앞을 볼 수 없을 정도다.

"순자야 뭐하메, 같이 놀자~"

밝게 빛나는 곳에서, 아는 듯한 목소리가 들려 순자는 다시 눈을 뜨려 애를 쓰고 겨우 억지로 눈을 반쯤 뜨니 앞에 아이들이 모여 있다. 손을 흔들며 오라고 난리법석이다.

'누구지?'

아는 모습인 것 같기도 하지만 반쯤 뜬 눈으로는 잘 알 수는 없다. 좀 더 힘을 내자 눈이 활짝 뜨이며 어린 모습 그대로의 영숙이 보인다. 동민도 보이고 창수도 보인다. 그리고 그 뒤로 굴에서 만난 다른 친구들도 보인다.

동민은 감저를 먹고 있다.

"순자야, 너가 가정 온 감저 맛좋다. 우리 감저보다 맛 좋은게! 하하."

창수도 손사래를 친다.

"어서 가게. 순자야 놀자!"

친구들이다.

"영숙아, 창수야, 동민아 언제 완?"

"하하, 언제 오긴. 하하."

"우린 계속 여기 있어신디."

"넌 어디 갔다 완 하하."

"나, 하하 미안헌게. 경해도 좋다."

"괜찮다. 정말 반갑다야 너도 놀러 온 거 맞지?"

"어, 어어 나도 놀러왔쩌 같이 놀게. 놀고 싶어 죽는 줄 알안 하하."

말문이 막혔던 순자는 말문이 트여 말도 잘한다. 웃음소리도 귀엽다.

"우리 순자 목소리 최고로 곱닥헌게. 이젠 끝까지 고치놀게. 내빼기 어실락."

동민이 다가와 손을 내민다.

"어 알안. 우리 실컷 놀게."

순자는 동민이 내민 손을 잡는다. 둘은 서로를 보며 빙삭이 웃는다. 창수도 웃고 영숙도 웃는다.

그렇게 어린 순자는 친구들과 함께 빛으로 사라진다.

19. 이후

"어서요. 의사 선생님, 누구라도 의사 선생님 좀 불러주세요! 제발요."

병원 응급실로 이송된 순자는 의식 불명 상태에 숨도 거의 사라진 위중한 상태다. 응급실 배드에 옮겨진 채 관이란 관은 다 연결된다.

병원에서는 순자를 살리기 위해 할 수 있는 모든 방법을 동원 중이다. 하지만 저체온 상태로 너무 오래 있었기에 응급실 의사는 사라지는 맥을 잡기 위해 애쓴다.

순자의 목으로 관을 삽입하고 심장을 뛰게 응급처치를 시도하지만 호흡도 맥박도 사그라들 뿐이었다.

가망 있는 상황이 아니다. 그럼에도 그러기를 한참…. 그리고 잠시 후 순자의 얼굴 위로 하얀 천이 씌워진다.

젊은 의사의 목소리가 떨린다.

"운명하셨습니다."

미영은 본다. 엄마의 왼손이 '툭' 하고 힘없이 떨어지는 걸! 그리고 떨리며 다가간 미영은 엄마의 손을 침대 안으로 넣어주려다 왼손에 꼭 쥐고 있는 한 장의 사진을 발견한다.

'아, 이건….'

그 흑백사진이다. 예전 집에서 본 엄마의 유일한 어릴적 사진이다. 함박눈이 내리는 날 식구끼리 찍은 사진이라 했다. 엄마가 기억하는 어린 시절 단 하나의 장면, 그게 이 사진이다.

'이걸 왜 그곳까지 가지고 간 거예요. 흑흑흑.'

미영은 북받치는 감정을 느끼지만 그게 뭔지도 모르겠다. 단지 엄마가 불쌍하고 그립기도 하고…. 미영은 주저앉아 통곡하듯 울부짖는다.

"죄송해요. 엄마 제가, 제가 몰라서 미안해요."

엄마를 위해 간 요양원에서 엄마를 잃은 자책감에 몸서리치고 옆에 있던 정 실장은 주저앉는 미영을 부축한다. 그리고 얼마가 지나자 요양원 원장님과 직원들이 응급실로 온다.

"선생님 어떡해요"

"좋은데 가셨을 거야."

"미안해요. 몰랐어요."

"어쩌자고 무릎 수술까지 한 양반이…. 그래도 대단하세요. 그 무릎으로 거기까지 간 것 보면…."

이번 사고로 요양원은 발칵 뒤집혔지만, 직원들이 엄마가 잘못한 것으로 몰고 있는 것 같아 미영은 화를 참지 못하고 사람들을 향해 화를 퍼붓기 시작한다.

"그곳까지 왜 갔느냐고? 뭔 노망이냐고?"

"딸은 도대체 뭐 하고 있었냐고?"

"유난스럽더니 그런 사달이 나는 거라고?"

"치매가 아니고 다른 병 아니냐고?"

"그래도 저리 가시면 딸이 편하지?"

입에 담기도 험한 많은 말들을 쏟아낸 미영은 탈진해 쓰러지고 정 실장이 대신 장례식을 준비한다.

부탁하지 않았으나 알아서, 중요한 사항은 미영에게 와서 의견을 구하며…. 가령 화장을 할 건지, 무덤을 할 건지 등.

미영은 화장을 하겠다고 했다. 엄마가 항상 한 말이다.

"난 화장해서 그곳에 뿌려줘."

'그곳'은 그 굴이다. 하지만 그건 불가능할 것 같아 미영은 납골당을 부탁한다. 그 굴이 보이거나 근처인 곳에 있는 납골당으로….

그리고 또 몇 가지에 대한 의견을 정 실장이 물어보긴 했지만, 미영은 기억이 없다. 뭐라 답을 하긴 했을 거고, 정 실장은 알아서, 잘했을 거다.

그리고 엄마를 보내는 삼일장이 시작된다.

입관하고 마지막 가는 길 배웅할 장소도 마련하고 그곳에 하얀 국화를 많이 써 장식도 했다. 엄마 사진은 커다랗게 뽑아 중앙에 놓았다.

사진 액자도 하얀 국화로 장식하고 그것에 사용한 사진도 아마 정 실장이 알아서 하나? 아니 이미 요양원에 준비시켜 놓은 사진이었나? 미영은 기억이 혼란스럽다.

조문객에 드릴 뽀얀 고기국수도 주문했다. 엄마가 좋아하던 음식이다. 특히 하얀 국물을 좋아하던 엄마가 생각나서 육개장이나 몸국 대신 고기국수를 정 실장에게 부탁했었다.

그리고 미영은 상복을 입었다. 미영에겐 더 이상의 가족은 없다. 여태 단둘이 살았다. 순자는 서귀포 푸른 바다 앞에서 미영을 키웠다. 그곳에 있던 영아원에서 데리고 온 미영을….

남편 없이 혼자, 마음으로 낳은 미영을 키웠다. 장애가 있는 여자 혼자의 몸으로 주변 일가친척 하나 없이 미영을 키웠다. 딸의 친구가 되고 가족이 되었다. 미영이 남편을 잃었을 때도 괜찮다, 살아진다 그러며 물에 밥 한 술 말아 미영을 먹였다.

순자는 서귀포 시장통에서 직접 키운 감저와 지슬을 팔았다. 가끔 철이 되면 옥수수도 팔긴 했지만, 특히 감저를 좋아했다. 육지에서 들어온 진하게 달달한 그런 고구마 말고 예전부터 제주 사람이 먹던 슴슴하게 단 감저만 심고 감저만 팔았다.

지슬도 요즘 나온 개량종은 심을 생각도 팔 생각도 않았다. 오직 옛날에 제주 사람들이 먹던 투박한 그 지슬만 취급했다.

그 기억이 나자 미영은 정 실장에게 부탁한다. 제주 감저를 구해달라고. 고구마 말고 감저를 구해 숯불에 구워, 오시는 조문객에게 나눠주라고….

정 실장은 박스째 그것도 여러 박스를 미영이 말한 대로 해왔다. 숯불에 구운 감저를….

조문객들이 끊어질 때쯤 정 실장은 할아버지 한 분을 모시고 왔다. 숯에 구운 감저를 주신 분이라며 자신의 친할아버지라 한다.

그리고 그분은 자신을 소개했다. 서동에 사는 정동민이라고, 평생 할 줄 아는 건 감저 농사뿐이라고…. 돌아가신 분 성함이 자기가 아는 옛 친구와 같아 혹시나 해서 온 거라며 엄마의 성함이 정말 박순자가 맞냐고 묻는다.

미영은 그렇다고, 대답하며 돌아가시기 전 왼손에 꼭 잡고 있던 사진을 정동민 할아버지께 보여드린다. 오래된 사진인데다 엄마가 마지막까지 꼭 부여잡고 있던 탓에 구겨져 더 흐릿해진 사진을 조심스레 보여드린다.

함박눈 오는 날 찍은 그 사진을 보자마자 할아버지는 갑자기 울음을 터트린다.

"순자야. 너 살앙있언. 이왕 살꺼 하루만 더 살지 왜 이리 가버련."

"순자야…. 흑흑흑."

할아버지는 한참을 그리 오열하다 손자 정 실장의 부축을 받으며 나갔고 잠시 후 미영은 할아버지에게서 고기국

수 한 그릇과 할아버지가 구워 온 감저 한 알을 받는다.

그리고 할아버지는 어디론가 전화를 건다. 긴 이야기를 간단히 그리고 그런 전화를 한참 동안 여러 통화한다.

정 실장이 신경을 쓴다고 쓴 장례식이었지만 가족이 미영뿐이라 조용하기만 하던 장례식장은 잠시 후 다른 모습으로 바뀐다.

화환이 줄을 잇고 조문객이 넘쳐난다. 곡소리가 여기저기서 들렸고 조문객들의 떠들썩한 이야기 소리가 들린다. 이 모든 건 정동민 할아버지가 꾸민 일이었다. 엄마와 친구라던 할아버지는 엄마의 고향이 여기 서동이라 한다.

그러면서 엄마의 어릴 적 친구 중 살아 계시는 이들은 다 불렀고 그 후손들도 불렀다. 그리고 엄마가 꼭 쥐고 있던 사진을 복원해 장례식장 안에 크게 액자로 만들어 붙여 놓자 조문 온 사람마다 자신을 찾고 친구를 찾고 가족을 찾느라 장례식장은 떠들썩해진다.

장례가 무사히 끝나고 엄마를 납골당에 모시고 돌아설 때 정동민 할아버지는 다시 오셨다.

"같이 차라도 한 잔 해주겠나?"

제주를 떠나 제주말을 쓴 지 오래된 미영을 배려하는 마음에 사투리를 자제하며 말을 건다.

"네, 제가 모시겠습니다."

미영은 차에 할아버지를 태워 서동에 있는 작은 찻집으로 간다.

쌍화탕 두 잔을 시키고 마주한다.

"난 자네 엄마 친구라네."

"이리 지척에 두고도 모르다 이제야 만나다니 참 인생이 그러네."

"그래도 이제라도 알게 해줘 고맙네."

할아버지는 자신과 엄마의 인연을 이야기하며 엄마가 쥐고 있던 사진의 내막을 이야기해주고 엄마의 어린 시절과 할머니 할아버지 이야기도 해주셨다.

이야기가 길어지며 쌍화탕은 반쯤 마신 상태서 식었지만, 오늘 할아버지에게 들은 엄마의 어린 시절에 이야기로 엄마를 더 따뜻하게 이해할 수 있게 되었다.

찻집을 나온 할아버지는 집이 가깝다며 걸어가겠다 했고 미영은 인사를 하고 할아버지의 가시는 뒷모습을 바라본다. 지팡이를 쥐고는 있었지만 아직은 정정하신 모습이다.

미영은 정 동민 할아버지의 뒷모습에서 엄마를 본다.

어린 시절 환하게 웃으시던 사진 속 엄마를….

epilogue

2022년도 제주문화예술지원사업에 선정되어 너무 기뻤습니다. 왜냐면 꼭 출간하고 싶은 작품이 있는데 길을 찾지 못하고 헤매던 시간이 있었기에 기쁨으로 『순자야 놀자』를 퇴고했습니다. 그 과정에서 제주어를 사용하기 위해 그간 알고 지내던 분들을 찾았습니다.

제주를 배경으로 하는 특성상 제주어를 최대한 사용해야 한다고 생각했고 특히 대화체에는 가급적 제주어를 많이 사용하기 위해 애를 썼고 정확한 표현을 하려 노력했습니다. 대화체 이외의 문장에는 표준어를 기반으로 하면서도 전체적 흐름을 위해 꼭 필요한 제주어 단어를 간간이 사용하였습니다.

제주어 표현에서는 제주에서 태어나고 자라신 분들에게 도움을 받기는 했으나 제주에서 태어나지 못한 저의 한계로 많은 미숙함이 있으리라 여기며 미리 사과 말씀드립니다. 책을 봄에 있어 많이 거슬리고 부족하다 책망되시겠지만, 최선을 다했다는 마음만 어여삐 여겨주시길 간절히 바래봅니다.

『순자야 놀자』가 출간되기까지 도움을 주신 분들에게 감사 인사를 전하고 싶습니다. 우선 이 책이 태어날 수 있게 저를 낳아주시고 길러주신 저의 어머니 류순자 님과 어머니가 가장 사랑한 저의 아버지 김원일 님에게 이 책을 바칩니다.

표지 사진에 도움을 주신 이아린 작가님, 제주말 도움을 주신 김옥임 님·김영숙 님·강민숙 님, 그리고 표준말 도움을 주신 김소현 님·김소진 님·김소정 님과 작품 전반에 대해 도움을 주신 오승주 작가님·김정희 작가님·김란 작가님께 깊은 감사 드립니다. 그리고 함께 사는 세 남자 강동원 님·강태양 님·강태선 님 등 많은 분들의 도움으로 『순자야 놀자』가 태어날 수 있었습니다. 토담미디어의 홍순창 사장님에게도 감사 드립니다. 그리고 『순자야 놀자』를 사랑해주신 독자님들 감사합니다.

순자야 놀자

ⓒ2022 김소희

초판인쇄 _ 2022년 4월 7일

초판발행 _ 2022년 4월 15일

지은이 _ 김소희

발행인 _ 홍순창

발행처 _ 토담미디어

서울 종로구 돈화문로 94, 302호(와룡동, 동원빌딩)

전화 02-2271-3335

팩스 0505-365-7845

홈페이지 www.todammedia.com

ISBN 979-11-6249-128-7 *03810

이 책은 제주특별자치도와 제주문화예술재단의 2022년도

제주문화예술지원사업 후원을 받아 발간되었습니다.